Un monde sans faille

Du même auteur,
chez le même éditeur

Un été au bord du lac, 1989
(et « Piccolo » n° 120)

Une éducation bourgeoise, 1990

Le Tablier rouge, 1991

Alberto Vigevani

Un monde sans faille

Traduit de l'italien
par Claude Bonnafont

LIANA LEVI *piccolo*

Titre original : *Lettera al signor Alzheryan. Un' amicizia esemplare.*

ISBN : 978-2-86746-830-8

www.lianalevi.fr

Lettre à monsieur Alzheryan

Cher monsieur Alzheryan, je vous en prie, ne souriez pas lorsque vous recevrez cette lettre. L'écrire s'impose à moi comme un impératif absolu, bien que vous soyez mort depuis des années. Il est vrai que vous croyez à l'immortalité de l'âme, de ses affects, de ses superstitions et, selon moi, de sa mémoire, l'attribut majeur de l'immortalité. En effet, par respect pour votre foi, vous avez légué une grande partie des biens qui vous appartenaient – des immeubles de prestige situés dans des quartiers résidentiels berlinois – à la Communauté israélite de Berlin. Vous ne pouviez évidemment imaginer l'avènement d'Hitler, malgré votre fameuse clairvoyance, même si les mauvaises langues prétendent que l'on abandonne au Seigneur les fardeaux trop encombrants: les villas de trente pièces, depuis la disparition des domestiques, par exemple, de même qu'on Lui offrait autrefois les filles sans dot. Quoi qu'il en soit, la Communauté ne put encaisser que deux ou trois semestres de loyers.

Mieux vaut, y compris pour moi, préciser tout de suite les raisons d'une exigence si impérieuse. D'abord, depuis quelque temps, votre image refait surface avec insistance, alors que je la croyais définitivement naufragée, en compagnie de beaucoup d'autres, liées aux premières années de mon existence. Les exhumations, je le sais, réclament un long délai pour causer une surprise appropriée. La seconde raison est plus précise. Si la réflexion sur la mortalité de l'âme m'angoisse (je suis né à une époque où les valeurs philosophiques et religieuses traversaient une crise déjà longue), constater la labilité des biens de ce monde m'irrite encore plus souvent. Vous avez été bien involontairement, monsieur Alzheryan, à l'origine d'un fait récemment émergé de la zone la plus intime de mon inconscient, et qui s'avère le motif de ma vulnérabilité face à la faconde des assureurs, bien que je sois, d'expérience, méfiant envers eux et hostile à leurs pratiques. J'ai connu trop de gens qui épargnèrent des années durant pour payer les primes d'une police sur la vie et durent, finalement, s'arranger d'une poignée de billets dévalorisés. Et cependant, immanquablement, j'appose ma signature au bas de ces formulaires, truffés d'hypothèses à première vue aberrantes et, de toute façon, pratiquement illisibles, tant ils sont composés en caractères microscopiques. J'ai fini par assurer l'appartement, les meubles, un petit bateau, mes livres, une maison de campagne. Et, bien entendu, la voiture.

J'ai découvert le vrai motif de cette complaisance irritante par le biais d'une illumination qui m'est soudainement apparue devant l'étalage d'un bijoutier que je regardais distraitement, dans l'attente d'un ami en retard. Il s'agit d'un cambriolage survenu en août dans notre maison ; je devais avoir un ou deux ans. Tous les bijoux furent volés, dont un médaillon en or massif, incrusté de perles, qui me concerne personnellement. Il portait, ciselé en lettres hébraïques, l'attribut de Dieu « Tout-Puissant », au lieu de Son Nom, que la Torah interdit de prononcer.

Mon père n'était pas assuré. Une éventuelle indemnisation n'aurait d'ailleurs soulagé en rien sa tristesse car tous les bijoux appartenaient à ma mère, décédée peu auparavant. Naturellement, je n'ai jamais vu ce médaillon ou, si je l'ai vu, je ne m'en souviens pas ; d'après les descriptions, liées aux lamentations pour le dommage subi, que j'ai souvent entendues, il paraît peu probable que j'aie pu le porter autour du cou, tant il était grand et lourd, m'a-t-on répété. Pour un enfant si petit – je ne peux m'empêcher de m'imaginer tout nu, à plat ventre sur une peau de léopard, comme il était d'usage chez les photographes – et, plus tard, pour un jeune garçon, ce médaillon devait paraître un trésor. De plus, vous me l'aviez donné en qualité de parrain et l'on pouvait spontanément supposer qu'il représentait le prologue fastueux à des munificences futures. À cause du vol qui démontra peut-être, sur un plan général, la vanité du don, ou, plus personnellement, l'indignité de qui l'avait si mal gardé, ces munificences n'eurent jamais lieu. Non que vous ayez oublié, pendant mon enfance et mon adolescence, de me combler de cadeaux, à mes yeux merveilleux : aucun cependant n'avait une valeur propre à susciter la tentation d'autres voleurs.

Ma lettre, monsieur Alzheryan, poursuit l'objectif d'organiser une fois pour toutes votre histoire en ce qu'elle me concerne ; les fragments qui en affleurent progressivement me préoccupent, je n'ose dire m'obsèdent, depuis que j'ai redécouvert la splendeur du médaillon dans le courant obscur des antécédents. Le mobile décisif qui m'a fait saisir la plume fut une rencontre inopinée avec votre sœur Lea ; je la croyais décédée, et la revis l'autre jour à un enterrement. Une apparition mémorable sous bien des aspects, y compris quantitatifs. Vous n'avez pu oublier que votre sœur, dès sa jeunesse (à l'époque, elle me semblait déjà vieille), était une lourde et superbe ruine, comme il arrive souvent aux Orientales. Bien que ses aïeux aient parcouru l'Europe en tous sens, de l'Espagne au Bosphore et aux Carpates, nouant des alliances et mêlant leur sang, madame Lea était demeurée orientale, et pas seulement au physique. De plus, les diverses cuisines juives sont toutes riches en graisse ; enfin, votre sœur était d'une gourmandise proverbiale. Du matin au soir, elle se gavait de sucreries et aurait fait des bassesses pour des loukoums. Vous lui en apportiez lors de chacune de vos visites, vous souvenez-vous ? Vous les faisiez venir de Salonique, je crois.

Au fil des années, le phénomène a pris un relief que vous ignorez peut-être. Sans beaucoup exagérer, on peut dire que, dans le cortège de l'enterrement, madame Lea occupait en largeur autant d'espace que le char funèbre. Fils, fille, gendre et belle-fille, ils étaient quatre à soutenir sa personne imposante : une montagne drapée, bien qu'on fût en avril, d'une soie noire, opaque et lourde, certainement introuvable aujourd'hui dans le commerce. Un long voile descendait de son chapeau de paille, du même noir funeste, au bord retourné vers le haut comme une cuvette renversée, un modèle lui aussi disparu au cours des guerres et des révolutions. À travers le voile transparaissait, dans toute sa majesté, un grand visage, soutenu par un double menton et dont ressortaient le nez, petit par comparaison et délibérément aquilin, et de grands yeux, naturellement bistrés (ils n'ont jamais eu besoin de fard à paupières), ouvertement noyés dans une douleur que je crois sans rapport avec le défunt, un cousin éloigné. C'était une douleur aussi permanente que sa gourmandise et destinée à la justifier, étant donné la vanité certaine de toute action humaine, selon une interprétation que l'on pourrait qualifier d'épicurienne de l'Ecclésiaste.

Ces considérations irrévérencieuses mises à part, sa silhouette exprimait une majesté patriarcale : celle d'une Sara ou d'une Rebecca qui aurait survécu à l'Ancien Testament pour cette épiphanie théâtrale, rehaussée d'un glacis picaresque, tel qu'aurait pu le poser le pinceau de Goya. Elle ne pleurait pas, ne gémissait pas, mais, on le comprenait d'emblée, elle avait déjà pleuré, gémi, aussi démesurément qu'il est possible, dépassant la trajectoire de sa propre existence pour atteindre les profondeurs de l'Histoire où passé et futur se confondent, d'après ce que suggère, si je ne me trompe, un passage du *Zohar*[1].

Je craignis, si je m'approchais, d'être emporté dans un maelström de souvenirs. Peut-être m'aurait-elle enjoint, d'un murmure autoritaire, comme si j'étais encore un enfant, de venir lui rendre visite. Sachant combien était agile le faisceau de son regard, pensif et apparemment pétrifié, je me fis tout petit et me défilai derrière les derniers figurants du cortège funèbre.

---

1. *Ou* Livre de la splendeur. Ouvrage kabbalistique, écrit au XIIIe siècle, qui analyse les textes bibliques pour en tirer le sens caché.

Votre sœur était pourtant l'unique personne au monde qui aurait encore pu me parler de vous, monsieur Alzheryan, et m'aider à mettre de l'ordre dans le fatras des souvenirs. L'un d'eux se présente subitement à moi : le jour où madame Lea vint chez mon père, dans le but précis d'attaquer votre testament. Je m'aperçois que la scène est demeurée gravée en moi, bien que je l'aie oubliée des années durant : comme tout ce qui vous concerne, monsieur Alzheryan. À présent, je voudrais que vous m'autorisiez à ne parler que de vous ; à me laisser aller à reconstruire ce que mes yeux et mes oreilles ont enregistré, car, j'en fus conscient dès que j'eus saisi ma plume, vous avez joué un rôle de premier plan dans mes jeunes années, un rôle qui s'estompa progressivement jusqu'à votre mort, c'est-à-dire jusqu'à votre testament dont, à la surprise de nos familiers et de nos connaissances, je fus exclu. Peut-être, cette fois encore, à cause du cambriolage, qui avait démontré de façon irréfutable notre inaptitude à conserver des biens précieux. Par ailleurs, si l'on y réfléchit, il eût été absurde de payer toute une vie une assurance, sans jamais porter au cou le médaillon, dont le caractère sacré interdisait qu'on l'aliénât d'un cœur léger, si jamais j'en avais éprouvé un jour la tentation.

Quand vous m'en fîtes cadeau, puis quand vous nous avez jugés, vous deviez songer au caractère sacré de la médaille et non à sa valeur.

Certes, si nous avions été plus prévoyants, peut-être serais-je devenu, à votre mort, propriétaire d'un appartement dans l'un de vos immeubles des bords de la Sprée, entre bouleaux et saules pleureurs, face aux miroirs d'eau sillonnés de cygnes immaculés. Ma satisfaction de propriétaire aurait été de très courte durée. À moins que mon père, dans sa sagacité, n'ait imaginé au dernier moment de simuler un acte de vente à un puissant satrape fasciste. Nous en connaissions un, long et maigre comme un clou, couvert de décorations ; il baisait la main de mammina – ainsi appelions-nous, rappelez-vous, la seconde femme de mon père – avec des courbettes ostentatoires, y compris pendant la persécution raciale, sans manquer toutefois de se raidir subitement dans un salut romain de stricte observance, comme s'il était mû par une contrition intime.

Je vois que je m'abandonne facilement aux digressions dans le labyrinthe glissant du souvenir. Ce qui m'attirait le plus en vous, monsieur Alzheryan, était le souffle cosmopolite que vous introduisiez dans notre existence, aisée certes, mais économe, et enserrée dans les règles non écrites d'une discrétion bourgeoise et, finalement, provinciale. Vous représentiez à mes yeux une fenêtre ouverte sur le monde : celui d'au-delà des frontières, celui de l'opulence, dont les nuances me semblaient tour à tour orientales ou baroques, enfin, celui de l'aventure. Les raisons en étaient variées. Votre nom d'abord, dont le son même se situait avec tant d'à-propos entre Salgari et *les Mille et Une Nuits,* entre Aladin et Yanez. Puis le z qui, de votre nom, rebondissait dans votre destin. Vous avez eu pendant quelque temps un bureau via Zebedia (ce nom était alors pour moi tout aussi exotique), où l'on faisait commerce de bijoux, soit donc, pensais-je, toujours à cause du *z,* de saphirs[1] et de topazes. Mais, en réalité, c'est là de ma part une reconstitution hasardeuse, car vous n'étiez sûrement pas un banal négociant, fût-ce en pierres précieuses.

Vous étiez un financier international, comme on disait alors sans aigreur sociopolitique. International mais plus encore financier. Ce dernier qualificatif me fascine, lorsque votre image me vient à l'esprit ; j'y reconnais les traits subtils, aussi difficiles à décrire qu'immédiatement perceptibles pour qui sait évaluer les particularités tenues pour négligeables, de votre appartenance à un ordre que je serais tenté de dire ecclésiastique. Entendons-nous bien : il n'y a aucun rapport entre prêtres de campagne ou simples religieux et agents de change. L'affinité, qui n'est pas seulement physique, se rencontre souvent entre le haut clergé et la haute finance. Je me rappelle avoir fait la connaissance de monseigneur Albareda, préfet de la Bibliothèque vaticane, un hiver, dans

1. « *Zaffiro* », en italien.

un château des Langhe. Il voyageait en Cadillac violette, une couverture de renard argenté posée sur ses genoux fluets. Très frileux, il avait les mains petites, sensibles et veinées de bleu pâle. Il s'était précipité comme un météore près du lit de mort d'un ami bibliophile, pour se saisir de quelques manuscrits extraordinaires des IXe et Xe siècles.

Pour en revenir à cette affinité, il s'agit avant tout d'une patine professionnelle, une cire fine qui revêt d'un voile léger les joues, le front, le pavillon des oreilles, et s'étend peut-être au-delà, sous les vêtements. Je crois n'avoir jamais vu un grand financier ni un évêque en costume de bain. La patine laisse transparaître une peau exsangue et apparemment asexuée pour une raison que j'ignore : abstinence rituelle ou expérimentation consumée de la fragilité et du terme de notre destin. Abstinence intellectuelle qui, bien entendu, peut se perfectionner grâce à l'incontinence ou, si l'on veut, à une curiosité impartiale de voyeur à l'égard de ses propres passions. De plus, un lien fruste et primitif avec une matière fondamentalement réelle, tels la terre pour un agriculteur, le fer et le ciment pour un ingénieur, fait défaut aux financiers comme aux évêques. Si on lui retire les apparences, la somptuosité oppressante de ses églises, l'argent est une entité abstraite qui ne produit pas de vraies richesses et que le financier manipule sans y toucher. Mieux encore, il est manipulé par cet argent : ce contact désincarné le dessèche, le polit et le façonne. Je vous renvoie à Max Weber pour les relations entre la grâce et la finance, à Kierkegaard pour celles qu'entretiennent la grâce et la morale. Mais je peux témoigner, monsieur Alzheryan, que toute votre personne était finement polie par ce contact. Maintes et maintes fois frottée par l'agate, elle émettait une pâle lueur, telle une lampe d'albâtre dans une vieille église byzantine.

Néanmoins, si l'on me demandait de brosser en quelques traits votre portrait-robot, je serais bien embarrassé. Il est probable, l'idée me saute à l'esprit, que vous consacriez chaque matin un long moment à votre toilette et que vous vous contempliez souvent dans la glace, non sans complaisance; ou avec une touche d'ennui métaphysique. Je ne saurais dire. Mais, finalement, votre personne devait dispenser plus de joie aux autres qu'à vous-même. Et peut-être de l'envie: votre perfection physique et morale, au sens grec, selon lequel ce qui est beau est bon, paraissait telle parce qu'elle était spontanée.

Parmi les photogrammes que je m'efforce d'extraire des bobines conservées dans le bric-à-brac de mon stock, je me contente de passer les plus nettes devant la lampe. Je voudrais que nous en soyons tous les deux satisfaits et que vous applaudissiez à mes efforts. Mais, comme il arrive en ces cas, passé le premier enthousiasme : « C'est tout à fait monsieur Alzheryan », on se rend compte que le matériau a été impressionné plusieurs fois, peut-être dans des circonstances différentes. Le film de la mémoire ne se renouvelle pas. Il comporte des lacunes, des bavures, des halos incohérents et surtout des surimpressions. Exemple : votre visage s'évanouit et, s'il reparaît, il persiste à s'inscrire dans une typologie, ayant perdu sa singularité irréductible et si laborieusement acquise ; je me réfère ici aux vicissitudes de l'espèce. Le genre est celui dans lequel peuvent entrer le Charlie Chaplin de *Monsieur Verdoux*, ou même Mischa Auer. Rien de bien précis, donc : mieux vaut s'attacher au détail et chercher, selon l'exemple de Grégoire de Tours, à pénétrer la nature propre des choses. Également parce qu'il est dit – vous en serez d'accord, je pense – que l'âme pose son empreinte sur tous les traits de notre corps.

Donc, visage ovale, sans un angle. Teint mat, nullement bruni mais d'une pâleur olivâtre. Celle que les Écritures attribuent, me semble-t-il (c'est une révélation qui fleurit à l'improviste sous ma plume), à la beauté de Rachel, qui la transmit à Joseph dont les traits séduisirent la femme de Putiphar. Bouche petite aux lèvres assez épaisses ; nez sensible, légèrement arqué ; front haut, bombé mais pas trop ; yeux chaleureux, bruns, légèrement exophtalmiques. Autour des yeux, un cerne foncé dénote l'ennui latent, une lassitude existentielle, peut-être née de mon imagination. Les sourcils grisonnent un peu, comme les petites moustaches. Touffus, d'un blanc bleuté, les cheveux ondulent mollement. Oreilles finement ciselées. Votre corps est aussi harmonieux que votre visage, monsieur Alzheryan : ni grand, ni petit, jamais gras ; mains et pieds menus. Votre tailleur est votre corps : les vêtements n'y ajoutent rien et n'en masquent rien. Ils se modèlent sur vous comme le métal noble dans la matrice de la Monnaie.

Je vois, monsieur Alzheryan, que vous souriez de mon admiration enfantine. Peut-être aviez-vous sur la joue un gros nævus que je n'ai pas signalé ou dont je n'ai pas gardé le souvenir. Peut-être une épaule plus haute que l'autre, que votre tailleur, celui de chair et d'os, s'ingéniait habilement à compenser ; et moi, observateur si attentif (en apparence), je ne l'ai jamais su. Quand vous bougiez, c'était pour moi comme si vous dansiez. Une danse sobre ou, mieux, une évolution : seul un enfant, totalement subjugué dès que vous entriez en scène, pouvait y être sensible.

Dois-je ajouter qu'un inventaire de traits n'a jamais composé un portrait ? Je voudrais, pour en ombrer les contours sommaires, proposer une formule. Dire que vous pouviez passer, face à un œil exercé, pour un séfarade dépouillé de tous les parfums de l'Orient grâce à un long séjour dans les serres tempérées d'Europe ; ou pour un ressortissant des Habsbourg, d'origine levantine, émigré dès l'enfance à Paris où, comme Proust, il aurait joué derrière les grilles noir et or du parc Monceau. Mais ces évocations pourraient donner une idée fausse de ce que vous fûtes, monsieur Alzheryan, car la première de vos qualités était celle qui distingue les spécimens les mieux réussis, les plus fins et perpétuellement frôlés par la mort des plus pures espèces canines, que les Français qualifient de « racés ». Néanmoins, racé sous-entend aussi insipide, noblement vide : la qualité du sang et de lui seul, alors que tout en vous semblait désincarné. Ou alors c'était le sang, capable d'éclats fulgurants mais non d'un feu continu, de races canines aristocratiques, justement comparables à votre ascendance qui, à travers d'antiques distillations, a dû s'allier à des tribus sacerdotales.

Je ne peux vous cacher que, bien que je vous aie souvent vu assis sur l'inconfortable divan – acajou foncé et velours bleu ciel – de notre salon style anglais, jambes croisées, très droit, très réservé, comme si vous vouliez vous abstraire dans une sorte de zen de la distinction bourgeoise, mes souvenirs de vous les plus imagés flottent dans le luxe et l'opulence. Tiède et pâle, un soleil de mai dore les feuilles des grandes azalées du jardin somptueux ; l'escalier de pierre blanche descend à la rencontre du lac bleu dur, qui sent le dégel, et la fontaine entrecroise ses jets radieux. Vous êtes assis, les jambes toujours croisées, un sourire à peine esquissé, dans un coin de la terrasse de l'hôtel Villa d'Este. Avec une bienveillance professionnelle, le garçon écoute les désirs contradictoires d'un enfant devant les multiples parfums qu'il voudrait voir réunis dans la coupe de glace qu'on lui offre.

Malgré les équivoques et les ambiguïtés, l'on se met finalement d'accord. La coupe qui arrive est monumentale : toutes les couleurs se reflètent dans les facettes du cristal taillé. La plus énorme glace dont un enfant puisse rêver. Mon père est trop absorbé dans sa discussion avec vous pour s'apercevoir que je pourrais me rendre malade si j'en atteignais le fond. Je viens à bout de la moitié de ma glace – en fondant, le reste compose un mélange jaspé – avec le regret que vous pouvez peut-être imaginer, monsieur Alzheryan, si, comme je le pense, l'immortalité se manifeste dans les souvenirs les plus personnels, apparemment bien futiles.

J'avais cinq ou six ans. L'univers opulent que vous entrebâilliez devant moi, nuancé de tons pastel cernés d'or, brillant de miroirs et de cuivres, agrémenté de palmettes naines et délibérément artificiel dans son hibernation perpétuelle, me fascinait pour des motifs purement esthétiques. Indifférent à Mammon, j'étais en quête de « luxe, calme et volupté », d'images irisées et de mystères resplendissants.

À vous, ce faste n'inspirait probablement que de l'ennui ; il était aussi nécessaire et monotone que l'air qu'un gamin pauvre respire par force dans la cour étriquée d'un grand ensemble prolétarien. Je ne sais : mon père y voyait une somptuosité superflue, une mise en scène exagérée. Le luxe était banni dans nos familles, où l'on aimait cependant la solidité, l'abondance, les tissus qui durent des lustres et le mobilier fait de bois ancien selon les règles de l'art. Je pense aux repas que mammina préparait lors de vos visites : légers pour l'époque et pour notre hérédité émilienne, car elle savait que vous aviez l'estomac délicat. Risotto aux champignons ; vol-au-vent garni de béchamel, de foies de volaille et de ris de veau. Ombrine ou gatte pochée, sur un canapé de chou-fleur, recouverts de mayonnaise. Fruits, des primeurs bien sûr, et pour finir parfait au sabayon, couronné de trois grains de café. Ce menu type comportait peu de variantes.

Vous aviez un bureau via Zebedia, avec un associé, me semble-t-il, et, en tout cas, une vieille employée, mais veniez rarement à Milan. Vos apparitions étaient plus souvent des évocations : comme un diable à ressort, vous jaillissiez de la boîte du téléphone dans le couloir. Appels internationaux de Zurich, Londres, Paris : des voix résonnaient, en langues étrangères. Parfois, avant que la liaison ne s'établît, des sonneries rageuses s'égrenaient. J'y pense tout à coup: j'ignorais où se trouvait votre maison, si seulement vous en aviez une, ce dont je doute: je ne parle pas de biens immobiliers mais d'une résidence permanente. Je ne me posais pas la question. J'imaginais vaguement que, de même que vous descendiez à l'hôtel à Milan, vous résidiez partout en Europe dans de grands hôtels qui vous tenaient lieu de maison. Vous quittiez l'un pour vous installer dans un autre. Tous se ressemblaient et vous retrouviez probablement dans ces similitudes l'air d'un chez-vous. Parfois, au retour d'un voyage fait en votre compagnie pour rédiger un contrat ou vous conseiller dans une tractation difficile, mon père nous racontait: à Paris, le Crillon, à Londres, le Claridge. Je ne suis sûr de rien, toujours à cause des surimpressions possibles. À propos de l'hôtel de Russie à Rome, je n'ai aucun doute. Quoi qu'il en soit, corrigez-moi: les détails frivoles exigent une parfaite exactitude. Je vois que vous souriez à nouveau. Peut-être n'avez-vous passé qu'une nuit au Crillon, par hasard, et descendiez-vous d'habitude à l'hôtel Scribe, plus attentif à l'époque à des raffinements infimes, qui devaient compter pour vous, et proche du quartier des grandes banques et de la Bourse. Les nababs fréquentaient le George-V et j'ai l'impression que vous préfériez la catégorie juste en dessous et une ambiance plus discrète. À Milan, votre favori était le Cavour, au coin de la via Palestro, près des Jardins publics et de l'école Manzoni, que ma sœur fréquentait. Plus tard, quand le Cavour fut démoli, le Grand Hôtel, où je vous revois dans le hall sombre et profond, telle une grande vasque doublée de brocart rouge, garnie de cadres dorés et d'énormes fauteuils de cuir.

Votre appartement dédaléen dans ces hôtels jumelés par des similitudes innombrables – portes à tambour, vestibules et salons identiques – était relié de ville en ville par des wagons-lits et des Pullman : dragon chinois désarticulé, tunnel mobile lambrissé de palissandre, marqueté de guirlandes, de tulipes et tapissé de velours rouge, avec des appuie-tête de dentelle. Aussi, lorsque j'entendais mon père prononcer votre nom à table ou au téléphone, invariablement je vous imaginais courant l'Europe sous un chapeau gris perle et un cache-poussière ou un pardessus du même ton. Mon frère aîné possédait l'*Encyclopédie de la jeunesse*, dans la vieille édition en fascicules de Sonzogno & Mattarelli. Dans ses pages consacrées aux wagons Pullman figuraient leur plan et surtout leur coupe verticale, gravés en traits filiformes, avec une précision méticuleuse. On y voyait une femme à la taille de guêpe et en jupe longue, qui se peignait, assise sur une chaise à dossier ovale devant une minuscule coiffeuse truffée de tiroirs. Un monsieur moustachu, installé sur un divan capitonné, fumait un long cigare, probablement un *Voltigeur*, roulé autour d'une paille.

Je songeais au plaisir que j'éprouverais un jour à voyager dans un wagon semblable. Puis les Pullman devinrent pratiquement à la portée de toutes les bourses, les financiers se précipitèrent dans les Caravelle, et moi j'ai quadrillé l'Europe avec ennui dans ces wagons vétustes, dont les cabines avaient rapetissé comme des accordéons repliés.

J'ai connu quelques vieux contrôleurs, aux airs prétentieux de majordomes de la Belle Époque : aujourd'hui, les uns sont morts et les autres jouissent de leur retraite à Cannero, Pallanza ou Montreux, sur les bords de leurs lacs natals qui virent aussi naître de nombreux maîtres d'hôtel et des chefs fameux. Ceux d'aujourd'hui manquent de tact et d'égards. Ils oublient de secouer les oreillers et de disposer la descente de lit. La faute en incombe à la nouvelle clientèle : sous-secrétaires et gros bonnets, venus se gaver de loisirs et de bon temps après des stages et des attentes avilissants à la Communauté européenne du charbon et de l'acier, au Marché commun ou autres organismes. L'un d'eux, lombard et démocrate-chrétien, nettoie ses chaussures avec la couverture, m'a confié un contrôleur. Et veut amener avec lui sa petite chienne, ce que le règlement interdit.

– Vous ne savez pas qui je suis ! s'est-il exclamé, pris sur le fait. Je vous ferai renvoyer !

Le comble est qu'il a essayé, mais la Compagnie n'a pas bronché : son propre sigle compte cent ans de plus.

Comme vous le voyez, monsieur Alzheryan, j'ai perdu le fil de mon histoire pour une anecdote très terre à terre, tandis que le palais dédaléen des perfections, où, selon mon imagination, votre existence se déroulait, m'apparaissait monter dans les cieux d'une kabbale enfantine. Bien entendu, je ne connaissais même pas ce mot qui, avant ce qui vous arriva, devait dégager pour vous un souffle d'exotisme superstitieux, de même que les caftans et les papillotes de certains des vôtres, qui vous paraissaient des coreligionnaires improbables. Alors que si vous étiez superstitieux, ce dont je suis intimement convaincu, votre appréhension se voilait d'un détachement pudique, qui pouvait même apparaître nuancé d'ironie, et peut-être l'était-il.

À présent, ce fil métaphorique s'est envolé, comme s'il voulait, suspendu à un ballon, rejoindre les cieux où je vous pressentis plus tard, absorbé en contemplation. Il me servait simplement à recoudre la toile de fond sur laquelle brosser votre portrait. Je pense aux marqueteries dorées qui rehaussent la langueur, auréolée de chevelures aile de corbeau, des odalisques de Klimt, que vous avez certainement eu l'occasion d'effleurer dans leur réalité charnelle, au cours de vos fréquents séjours à Vienne. Derrière le vôtre et sur le même fond, pour moi resplendissant bien qu'il soit brouillé par le temps, d'autres portraits voudraient faire leur brève apparition. Tel celui du propriétaire du restaurant Fiaschetteria Toscana, à l'angle de San Fedele, que vous préfériez au Savini voisin. Originaire des Grisons, monsieur Dulla avait le regard doux ; il était devenu par votre intermédiaire un ami de mon père qui m'emmenait parfois chez lui. En plus du propriétaire, du chariot des viandes dont la cloche miroitait comme la cuirasse d'un paladin, des tables dressées et des nappes en toile des Flandres, sous les pales bruissantes des ventilateurs, l'évocation de la grande salle à manger rappelle à mon odorat le parfum des poires duchesse d'Angoulême sur leur présentoir d'argent. Légèrement fermenté, leur arôme fruité rappelle celui des vins clairs de Moselle.

Je sais, monsieur Alzheryan, ce genre de propos sur les restaurants, la bonne table et les vins, a le don de vous ennuyer, même si vous vouliez le dissimuler en me dédiant une ébauche lumineuse de votre sourire – dents blanches et brillantes – à la John Gilbert. Plus personne peut-être ne se souvient de cet acteur mais, à l'époque où je vous rencontrai, son sourire couvrait plus du tiers de la façade du cinéma Dal Verme où l'on projetait *la Grande Armée.* Je n'ai toujours pas compris si vos sourires vous coûtaient. S'ils étaient des fruits spontanés, ou cultivés au prix d'une contrainte Spartiate sur des greffes délicates. Je crois qu'il s'agissait d'une sorte de défense qui fonctionnait chez vous comme une seconde nature. Mais, à propos de menus et de restaurants, je me rappelle que vous goûtiez, par pure courtoisie, une bouchée de chaque plat, obéissant à la bonne éducation qui vous conduisait aussi à ne jamais manifester d'irritation face aux questions parfois importunes et aux reproches de votre avocat, conseiller et pilote. Si on vous l'avait accordé, vous vous seriez contenté d'une salade de laitue et d'un verre de lait. Du reste, vous dormiez peu dans les belles chambres spacieuses de vos grands hôtels. De temps en temps, vous vous plaigniez de vos insomnies. Il est probable aussi que, tiré à quatre épingles, vous n'usiez pas vos vêtements, toujours impeccables, ni vos chaussures couleur corail patiné, éternellement brillantes. Vous vous déplaciez en train, en fiacre, en automobile, ou alors vous étiez assis dans un fauteuil. Je n'ai pas souvenir de vous avoir jamais vu marcher dans la rue.

Donc, le premier photogramme fut tiré dans la partie éclairée du jardin en terrasses de la villa d'Este ; le second (choisi parmi beaucoup d'autres plus ou moins semblables) dans notre salon. Le troisième dans la Fiaschetteria Toscana. Vous transmettez à monsieur Dulla les salutations d'un autre natif des Grisons, que j'ai reconnu plus tard, célèbre affilié du milieu que vous fréquentiez, dans votre maison composée de grands hôtels, je ne sais lequel des Ritz. Dieu sait pourquoi, vous parlez français avec monsieur Dulla. Peut-être est-ce une façon de vous retrouver et, en même temps, de vous isoler. Il semble qu'il y ait entre vous un lien plus profond qu'il n'est en réalité, tant vos voix et vos sourires doucereux et un peu distants s'harmonisent. Ils sous-entendent un monde discret, aussi fragile que la carafe de cristal que le Maure en culottes courtes et en écharpe utilisait autrefois pour servir le café chez Maxim's. À travers le souvenir qui nivelle toutes choses, il me semble qu'au lieu d'un simple dialogue, fait de questions et de réponses sur la santé ou le sort présent de tel ou tel: maître, personnage illustre, grande dame ou comparse éphémère, vous récitiez des vers qui survolaient un paysage enchanteur, bien éloigné des préoccupations urgentes et des vulgaires détails quotidiens. Ils sonnent à mes oreilles, doucement murmurés par la voix d'un admirateur de Valéry:

Assise la fileuse au bleu de la croisée
Où le jardin mélodieux se dodeline

C'est juste une pause, qui vous est peut-être nécessaire à ce moment. Monsieur Dulla s'éloigne de son pas désarticulé de myope qui dédaigne les lunettes. Vous reprenez votre conversation avec mon père dans un italien parfait, nuancé d'un accent exotique, plaintif et un peu féminin, ou simplement las. La fatigue s'est réfugiée dans vos yeux qui, tout à coup, me semblent plus cernés que d'habitude.

– Que penses-tu faire alors avec ces messieurs ?

Les messieurs, dont j'ai déjà entendu parler, représentent une banque étrangère, je ne sais plus laquelle.

Mon père répond. Lui n'est nullement abattu ; il cherche comme d'habitude à vous redonner confiance. Il veut cependant savoir jusqu'où vous vous êtes engagé. Mais, tout à coup, moi aussi je me détourne. Je ne saurai rien de plus sur ces messieurs. Mon père a fait volte-face et tire fébrilement son pince-nez en or de son étui pour admirer l'entrée d'une femme superbe, coiffée d'un chapeau à larges bords, garni de plumes rouge sombre. D'une oreille pourtant, il continue d'écouter vos jérémiades. Le nombre de belles femmes que mon père peut rencontrer est certainement inférieur à celui qui se présente à vous. De plus, je vous imagine sans peine, sommeillant les yeux ouverts dans un fauteuil, tandis que de voluptueuses beautés tracent leur sillage parfumé dans la pénombre d'un hall.

Monsieur Dulla surgit pour vous appeler au téléphone :

– Vous avez Londres en ligne, monsieur Alzheryan !

La conversation téléphonique se prolonge. Mon père sirote son café, tout en admirant furtivement la créature enchanteresse, assise à la table face à la nôtre. Elle porte des gants de peau, du même rouge que les plumes de son chapeau ; ils lui montent jusqu'aux coudes mais laissent les doigts dégagés. Ses bras se croisent et ondulent comme des serpents. Dès votre retour, le dialogue reprend entre vous, de plus en plus serré, tandis que je retombe dans une longue rêverie, doublée d'une inertie totale : les images, les couleurs sollicitent lourdement mes sens. La très belle en a peut-être ouvert les portes.

J'en arrive à un point qui me tient à cœur : de quelles affaires vous occupiez-vous, monsieur Alzheryan ? C'est seulement à présent que j'arrive à m'en faire une vague idée. Vous faisiez tourner le plus rapidement possible vos capitaux, tantôt dans une direction, tantôt dans une autre. Peut-être suiviez-vous le jeu de personnages plus importants et agissiez-vous pour leur compte, vos arrières bien protégés. À l'époque, j'associais ingénument le monde de vos affaires au type de cadeaux que vous m'offriez. Il y avait peut-être du vrai dans cette hypothèse, dont je n'ai cependant aucune certitude. Que le bureau de la via Zebedia, qui ne resta ouvert que quelques années, s'occupât de bijoux me paraît confirmé. Sur l'un des photogrammes figure sur la porte une plaque de cristal noir, portant votre nom en lettres d'or et une mention en petits caractères que je n'arrive pas à lire. Peut-être n'y trouvait-on pas seulement des bijoux. À moins que mon hypothèse ne soit née de mon imagination, stimulée au départ par le fameux médaillon en or massif incrusté de perles fines – on le trouverait merveilleusement kitsch de nos jours – que je n'ai jamais vu et qui n'était sûrement pas aussi encombrant que les descriptions mirobolantes de mon entourage me le donnèrent à penser.

À présent, vous êtes chez nous, dans notre brave salon. Vous me mettez dans les mains une boîte luisante ; surexcité, j'en sors le tube noir d'un kaléidoscope. Il n'en faut pas plus pour me suggérer que vous vous occupez d'instruments d'optique. Une idée que confirmeront les puissantes jumelles de montagne, de marque allemande, dont vous me ferez cadeau quelques mois plus tard et que mammina gardera pour quand je serai plus grand, en fait pour l'ignoble escouade de repubblichini qui saccagea notre maison en 44. Et l'énorme ballon de caoutchouc, aux quartiers colorés, qui jamais ne s'immobilise tant il est léger ? Vous occupiez-vous aussi de caoutchouc ? De jouets ? Mes conjectures relatives à vos multiples activités étaient peut-être toutes gratuites et, si elles n'indiquaient pas une de vos incursions fortuites dans des domaines inhabituels, elles venaient simplement du fait que les clients de mon père ne me donnaient pas des jouets mais des produits de leur industrie ou des objets dont ils faisaient commerce, sous une forme publicitaire : ma chambre regorgeait de presse-papiers, de modèles réduits et de crayons gros comme des barreaux de chaise. Je ne sais pas, mais pourquoi écarter l'hypothèse que vous ayez choisi pour moi ce que vous auriez désiré si vous-même aviez encore été enfant ?

Autre chose : aimiez-vous les enfants, monsieur Alzheryan ? Certes, vous me souriiez volontiers et votre sourire, je le répète, était si lumineux que j'ai longtemps cru que vous aviez un faible, au moins pour moi, votre filleul. Vous essayiez aussi de m'amuser : bouche fermée, vous imitiez le bourdonnement d'un essaim de grosses mouches ; de la main, vous feigniez de les attraper une à une, puis vous les laissiez s'échapper avant que je ne vous oblige à me les montrer. Je vous revois, comme si vous étiez devant moi, dans cette pose décontractée. Pendant ce jeu, ne libériez-vous pas, en plus des mouches imaginaires et l'espace d'un instant, une inquiétude intime ? Toutefois, quand vous étiez avec mon père, je garde l'impression, à peine perceptible mais certaine, que vous vous sentiez tel un enfant contraint de rendre compte d'une étourderie ou d'une gaminerie, innocente selon vous. Le jour du kaléidoscope, par exemple : accroupi sur le tapis, je suis saisi de stupeur devant les images qui se succèdent à chaque secousse que j'imprime au tube. Soudain, je me retourne pour vous dire mon émerveillement et ma gratitude, mais je n'ose pas. Vous êtes si absorbé dans votre conversation avec mon père que je pourrais ne pas exister. Il est assis près de vous sur le divan, un peu ennuyé : il a sorti sa montre de sa poche et la remonte nerveusement à vide, comme pour se contrôler.

– Alors, que dois-je répondre ? Il téléphone continuellement. Il dit qu'il a des échéances, des engagements.

– C'est normal. N'importe qui dirait ça dans une telle position. Lui as-tu fait signer l'accord ? Je t'avais envoyé le projet à Zurich.

– Il y a des choses qu'un contrat rend encore plus malaisées, tu ne crois pas ? Nous avons parlé et nous nous sommes compris. Du moins, c'est ce qui me semblait.

– Dans ces conditions, apprends à me demander conseil avant et non après...

Mon père se lève brusquement ; pour lui, c'est l'heure de se rendre à son bureau.

Je reconstruis les conversations. Elles avaient à peu près cette tonalité. Je n'ai pas de réponse à ma question concernant votre éventuel amour des enfants. Triangles et losanges aux couleurs éclatantes construisent de multiples structures spéculaires dans la nuit profonde du kaléidoscope. Les années se pressent entre ces images. Je suis entré en secondaire, j'ai mes intérêts personnels et des amis. J'entends parler de vous par mon père et vous vois de plus en plus rarement. Le kaléidoscope brisé a disparu je ne sais où. Toutefois, j'évoque avec plaisir de temps en temps le parrain qui, à ma naissance, m'a donné un médaillon en or incrusté de perles, un cadeau digne d'un rajah. Lorsque je serai plus âgé, ce même parrain me fera peut-être voyager à sa suite dans le monde fabuleux qu'il fréquente et où il joue, sans aucun doute, un rôle de premier plan. Je parle de lui à mes camarades. Je me rends compte que je bénéficie d'un privilège suprêmement bizarre, et unique.

Vient ensuite une longue coupure ; pendant un an ou deux, je ne vous vis plus. En revanche, il m'arrivait de rencontrer votre sœur, en visite chez des parents ou des amis communs. Vous ne serez pas surpris d'apprendre que je redoutais ces rencontres. À présent, je réussissais à éviter ses embrassades. Petit, j'avais l'impression qu'elle voulait me happer dans la ventouse de ses grosses lèvres violacées, en me pressant contre sa poitrine débordante qui tremblotait. Sa chair gélatineuse fuyait et se regonflait sous des membranes de soie bruissante, comme un tourbillon paré de bijoux – colliers dans les plis du cou, bracelets dans ceux des poignets – où j'avais peur d'être englouti. Lorsque je rencontrais ses yeux noirs, battus, cernés d'une ombre bleuâtre, ils me semblaient tout savoir de moi, plus que je ne pourrais en apprendre ma vie durant : particularités ataviques, gestes défunts qui reparaîtraient tôt ou tard, un enchevêtrement de destins consumés, susceptibles tout à coup de se recomposer dans le mien, en dose minime ou anormale. Absorbés, intenses, ces yeux de voyante m'inspectaient et me transperçaient jusqu'en mes refuges les plus secrets. Il était inévitable que je me sentisse toujours coupable.

La voix de madame Lea était une caricature de la vôtre ; votre ton poliment ennuyé, un peu plaintif, se transformait chez elle en une lamentation douceâtre et inquisitrice. Lorsqu'elle m'appelait, mon nom revêtait tout à coup un caractère intime et visqueux dont j'avais honte. Par contre, son mari m'était sympathique, peut-être parce que je le considérais comme la première victime de ce que je détestais chez sa femme. La fumée de ses cigarettes – Macédoine extra à bouts dorés – perpétuellement collées à ses longues lèvres pendantes semblait l'exhalaison rythmique d'un cœur oppressé, ou un nuage qu'il émettait pour éviter de se faire repérer, une ruse que pratiquent aussi certains poissons et insectes. Sa voix basse était toujours enrouée. Comme s'il voulait s'excuser d'être au monde et de jouir de choses simples qui ne rapportent ni argent, ni position sociale : une bonne partie de cartes ou de billard, par exemple. Naturellement, la comparaison entre vous et lui, que sa femme lui infligeait en permanence, l'opprimait ; elle accablait et maintenait perpétuellement courbée sa maigre personne, vêtue d'un gris anonyme, fatal à son long visage pâle et chevalin.

Malgré l'école et mes nouvelles activités, il m'arrivait encore d'accompagner mon père lorsqu'il faisait un saut chez ses clients, dont votre beau-frère qui, je crois, avait changé plusieurs fois de métier. À cette époque, il gérait avec un associé, en qualité de représentant ou de concessionnaire, un grand salon de voitures américaines : Chevrolet, Buick, Pontiac et autres marques, aujourd'hui peut-être disparues. Un modèle de chaque marque était exposé dans une vitrine, pomponné comme une mariée, entre bouquets et corbeilles de fleurs. Pendant que mon père conversait dans le bureau avec votre beau-frère ou avec son associé, un homme trapu, joyeux, au visage rouge et luisant, je rôdais entre les automobiles resplendissantes de vernis et de chrome. On pouvait se voir sur le couvercle bombé de la malle et sur les capots altiers. Les lourdes portières s'ouvraient dans un silence lugubre sur leurs larges gonds lubrifiés. Le cuir odorant et rembourré des sièges crissait agréablement, comme une paire de souliers neufs. Des photos dédicacées par de célèbres champions de courses automobiles ou d'importantes personnalités garnissaient les murs, les premiers arborant casque et houseaux, les autres guêtres et haut-de-forme, tous également reconnaissants envers qui leur fournissait de si prestigieuses voitures. Je remplissais mes poches de catalogues et de dépliants que je feuilletais à la maison, savourant à loisir leurs illustrations suggestives, peu soucieuses de vraisemblance. Les voitures étaient photographiées au bas de perrons somptueux, devant les grilles tarabiscotées d'un parc. Des chauffeurs obséquieux, répliques de Rudolph Valentino, tenaient grandes ouvertes les portières par où s'engouffraient des femmes vêtues à la Greta Garbo ou comme Brigitte Helm : manteau de renard, chapeau cloche et jupe aux mollets.

J'ignore si les affaires de votre beau-frère connurent jamais la prospérité. Même s'il traversa une période d'expansion, la comparaison entre vous et lui ne pouvait que l'accabler. Je pense qu'il devait souffrir d'un ulcère. Il avait l'habitude de porter une main au creux de l'estomac lorsqu'il était assis, le dos rond et l'air chagrin. Jamais il ne parlait en présence de sa femme. Il est probable et même certain, monsieur Alzheryan, que vous aviez fourni les capitaux nécessaires à la création du hall d'exposition. Un dimanche après-midi, vous étiez venus tous les trois à la maison : votre sœur, son mari et vous-même. En passant devant la porte du salon, j'entendis les gémissements bruyants de madame Lea, et sa voix moelleuse et majestueuse, difficilement contenue par les éclats ironiques et profonds de celle de mon père qui, en affaires, était délibérément misogyne. Lorsqu'il devait intervenir, il taillait dans le vif comme un chirurgien. Il décela sûrement un nerf sensible dans cette masse de chair insaisissable. Lorsque vous êtes sortis, votre sœur avait le double menton tendu, les yeux mi-clos, l'expression royale, altière et méprisante ; elle ne salua personne.

Mû par la curiosité, je m'étais posté près de la porte de l'antichambre. Vous avez passé légèrement la main sur ma tête, monsieur Alzheryan. Un geste liturgique d'adieu, je le compris un peu plus tard à table, d'après la conversation de mon père et de mammina. En fait, mon père avait déconseillé d'investir de nouveaux capitaux, les vôtres, bien entendu, dans le salon d'automobiles. Dépitée, madame Lea avait dit tant de mal de mon père, à vous, à ses relations, que, pris de défiance ou pour ne pas vous aliéner votre sœur – il est évident qu'elle vous faisait peur –, vous avez abandonné mon père, l'ami comme le conseiller. Mais vous connaissez mieux que moi ces événements. Je peux simplement ajouter ceci : par la suite, lorsque je passais par le corso Italia, je m'arrêtais pour admirer les voitures exposées dans les vitrines inondées de lumière, regrettant de ne plus pouvoir les toucher. En effet, après cette discussion, je ne remis jamais les pieds dans le salon d'exposition.

Une année passa, peut-être davantage. Il m'est difficile d'être précis. Vous aviez quitté la scène et, de toute façon, le milieu que je fréquentais coïncidait rarement avec la sphère des intérêts de mon père. Vous avez reparu à l'improviste. Je vois encore mammina entrer dans la salle à manger en disant :

– Sais-tu qui est au téléphone ? Alzheryan ! Il insiste pour te parler.

Poussé par ma curiosité habituelle, je me glissai dans le couloir. Je percevais le ton très réservé de mon père. Il refusait de reprendre en main vos affaires. Après ce qui s'était passé, il ne croyait pas à vos protestations d'amitié. Il finit pourtant par céder, ébranlé, je suppose, par vos excuses et votre promesse formelle de suivre désormais ses indications à la lettre. En se rasseyant à table, il adressa un sourire complice à mammina et termina son déjeuner avec appétit. Vous êtes arrivé à Canossa juste à temps pour prendre le café. Peut-être l'avez-vous oublié mais, de ma part, l'oubli serait une ingratitude noire : vous portiez sous le bras une trousse de maroquin, contenant de merveilleux compas et règles de fabrication anglaise, couchés dans des empreintes tapissées de velours. Je les admirais tellement que jamais je ne m'en servis pour dessiner. La splendeur tranquille du métal et la précision des articulations, véritable travail d'horlogerie, me fascinaient. Je finis par en faire des mitraillettes et des canardières miniatures bien fourbies, indispensables aux fusillades aventureuses que j'imaginais.

Je ne sais pourquoi, nous sortîmes ensemble. Je m'assis sur le strapontin, face à vous et à mon père, dans la Buick que votre beau-frère avait mise à votre disposition avec un chauffeur. Était-ce l'effet du temps passé ? Il me parut que votre visage ovale et toujours aussi parfaitement lisse avait changé, sans qu'en soient amoindries l'harmonie et l'aura délicate. L'aile de la tristesse, posée sur votre front, renforçait cette harmonie. J'ai failli dire « votre beau front intelligent », selon ma formule personnelle et secrète. L'intelligence était un attribut inévitable et presque secondaire de la ligne harmonieuse de votre front et, plus encore, de la maîtrise que vous exerciez sur vous-même et de votre succès dans le monde. À ce moment-là, j'en doutais presque. Il y avait quelque chose de trop sensible et de féminin dans vos yeux, dans ce voile d'ennui qui les ombrait et s'étendait sous l'autre voile plus léger de la discrétion, comme une seconde écorce qui empêchait de parvenir jusqu'au fruit. J'apercevais à présent sur votre visage un troisième voile, l'aile de la tristesse ; il n'était plus passager mais irrémédiablement fixé. Ce fut une impression. Lorsque vous êtes descendu devant votre hôtel, vous avez insisté pour que le chauffeur nous raccompagne. Pendant le trajet, je demandai à mon père :

– Mais que fait réellement monsieur Alzheryan ? Je n'ai jamais bien compris.

– De l'argent ! dit-il avec un sourire amusé. Il a les doigts d'or de l'alchimiste.

– Donc, il est très intelligent ?

– Qui peut savoir ce qu'est l'intelligence ? Pour toi, par exemple, elle consisterait à t'appliquer davantage en classe.

Il me regarda de biais, sans cesser de sourire :

– Alzheryan est un homme extrêmement sensible, qui comprend certaines choses bien avant tout le monde. Ou qui les sent. Ce qui ne l'empêche pas de se fourrer dans de méchants guêpiers.

Puis, comme s'il se parlait à lui-même, il ajouta pensivement :

– C'est peut-être même sa spécialité : foncer résolument dans les pires guêpiers.

Il descendit devant le tribunal. Je poursuivis ma route jusque chez un ami, dans la Buick conduite par le beau chauffeur en livrée.

Veuillez pardonner ma sincérité, monsieur Alzheryan mais je ne peux emprunter d'autre voie si je veux poursuivre cette lettre. Déjà, la fiction se consume entre mes mains. Mieux vaut ne pas recourir à d'autres subterfuges. Qu'est-ce que l'intelligence ? Le mot est si vague, si élastique qu'il en devient finalement vide et dénué de sens. Il convient surtout d'indiquer qu'elle n'est pas tellement importante : Staline, Hitler et même Mussolini étaient « intelligents ». Contrairement à mon opinion d'alors, je crois aujourd'hui que la vraie intelligence est la qualité qui nous conduit à comprendre les choses fondamentales, c'est-à-dire les plus simples, derrière l'écran trouble et agité des choses compliquées ou plus « intelligentes ». La qualité, surtout, qui peut nous accorder de trouver la paix avec nous-même.

De toute façon, votre intelligence était d'un type particulier, assez éloigné de l'acception courante. Au dire de mon père, vous n'étiez pas rusé, monsieur Alzheryan. Je note aussi que vous ne lisiez que des journaux, pratiquement pas de livres, à l'exception de biographies romancées, du genre de celles d'Emil Ludwig, un écrivain allemand très en vogue au début des années trente. Je suis sûr de surcroît que vous n'auriez pu suivre un texte construit selon une logique rigoureuse, comprendre Spinoza, par exemple. Vous étiez un cheval de course, un cheval de race. Je pensais autrefois que vous étiez d'origine russe, car vous aviez l'aptitude des Slaves à parler toutes les langues avec élégance. J'ai su plus tard que vous étiez né dans la région de la Pologne qui faisait partie de l'Empire austro-hongrois. Plutôt qu'un spécialiste de la Torah, j'imagine que, si vous étiez resté là-bas et n'aviez pas été rapidement rebuté par d'austères exercices quotidiens, vous seriez devenu un bon musicien. Vous suiviez avec assiduité les concerts, c'était même la seule distraction que mon père vous connaissait.

Mais votre destin vous portait à courir (l'image vous fera sourire, vous qui évitiez de traverser une rue pour ne pas avoir à marcher) sur des pistes de gazon anglais dignes d'un pur-sang. Triste comme les grands chevaux ou les chevaux en général, vous détestiez comme eux la foule et la solitude. Vous aviez peur de l'ombre, de la nuit – vos insomnies

–, de tout ce qui s'étend par-delà la lumière. Et surtout de votre sœur, qui vous rappelait peut-être votre mère. De fait, vous ne vous êtes pas marié, exception faite de votre ultime décision. Complexe d'Œdipe ? Associations ambiguës ? Votre âge étant à peu près celui de Freud, votre compatriote, vous ne pouviez pas utiliser ce langage, pas même mal à propos ; votre inconscient transparaissait par le biais de silences, d'aimables lapsus et de votre sourire. Celui des autres ne vous intéressait pas, en vertu d'une pudeur innée, lien qui, selon le souvenir que je garde de vous, vous unissait le plus à mon père.

D'après le prénom, Hélène, qui revenait parfois dans votre conversation quand, vous semblait-il, je ne pouvais entendre, je crois que vous aviez une maîtresse, cachée dans un de vos grands hôtels ou, peut-être, dans un charmant petit appartement. Une sorte de mascotte destinée à exorciser la solitude et les ombres inquiétantes de votre box quand le soleil se couchait. Plus j'y pense, plus la comparaison avec les chevaux me semble juste. Un faisceau de nerfs sous une robe de soie. Pendant vos longues périodes de mutisme, où vous enregistriez les seules données capitales : présages, échos lointains que peu de gens ont le don de recueillir (une somnolence détachée ombrait vos yeux quand vous ne vous saviez pas observé et il arrive à tout le monde d'ignorer la curiosité d'un enfant), vous aviez capté avant tout le monde les signes avant-coureurs de la crise imminente. Peut-être vous sembla-t-il à un moment donné que courir fût devenu excessivement facile. Vous-même aviez foulé des terrains accidentés. À présent, trop de gens s'étaient mis à courir, y compris des chevaux dépourvus d'un pedigree honorable. Tant de facilité dut vous alerter.

Ce que je pris pour un premier indice fut sans doute pour vous une conséquence lointaine : la fermeture du salon d'automobiles, dont je fus très frappé. On y ouvrit en toute hâte la nouvelle agence d'une banque. Curieusement, lorsque la tempête approche, les professionnels sont les derniers à s'en apercevoir. J'ai appris depuis, en effet, que les banques s'agrandissaient, alors que vous-même vous étiez déjà bel et bien retiré. Il vous fut facile de pourvoir votre beau-frère d'un emploi sûr, honorable et néanmoins modeste aux yeux impitoyables de madame Lea. Lui s'en trouva d'autant mieux qu'il devait beaucoup voyager, étant responsable d'un réseau de représentants pour le compte d'une solide firme suisse de produits diététiques dans laquelle vous aviez voix au chapitre. Enfin, il pouvait jouer au billard, le soir, dans le meilleur café d'une ville de province, sans personne pour lui mesurer le temps ou lui faire toucher du doigt ses insuffisances, avec des mots aigres et amers.

À cette époque, votre sœur se retira sous sa tente, métaphoriquement. Elle s'accommoda d'un appartement plus petit et s'installa dans une position d'attente dédaigneuse et, nous concernant, de neutralité armée. Nul danger qu'elle essayât encore de m'embrasser. C'est tout juste si elle répondait, et avec quelle hauteur, à mes salutations.

Je ne la rencontrais d'ailleurs qu'à la synagogue, à l'occasion de Kippour. Après un signe de tête, elle m'examinait longuement d'un regard exigeant, pénétré de la majesté du rite. Je crois qu'elle voulait s'assurer que je ne m'enfuirais pas au moment de la pénitence ; on nous tenait pour des laïcs, vous souvenez-vous ? Grasse et gourmande comme elle était, le jeûne lui coûtait d'atroces souffrances qu'elle exhibait de façon théâtrale. Je la revois dans la tribune où j'allais saluer mammina, toujours au bord de l'évanouissement et soutenue par deux pleureuses qui marmottaient. Lorsque son visage pâle et grisâtre devenait soudain cireux, elles lui mettaient sous le nez un cédrat piqué de clous de girofle pour soulager les derniers spasmes de l'attente, avant que le rabbin n'approche de ses lèvres la corne de bélier pour annoncer la fin du jeûne. Cette pénétrante odeur d'épices éveillait en moi des crampes d'estomac, dues à la faim. Oui, monsieur Alzheryan, quoi que l'on vous ait rapporté, je jeûnais moi aussi, par fidélité à l'égard de mon père. À cette époque, je croyais à une intelligence plus facile et impitoyable, dans les lumières laïques qui cherchent la connaissance à travers la raison. Non que je renie aujourd'hui ces lumières ; simplement, je me rends compte de leur insuffisance. À ce moment-là, je prenais ces pénitences pour des reliquats folkloriques, des rites sacrificatoires, et ils m'assommaient.

D'autres indices me reviennent. Un de nos cousins fut obligé de fermer son magasin de bonneterie, situé sous les arcades, dans le centre de Modène. Mon oncle dut liquider son atelier de chaussures à Parabiago et se faire engager dans une fabrique de cuisinières électriques et de fers à repasser. Le chômage sévissait en Amérique, en Allemagne. Je vécus la crise de plus près à travers les vicissitudes d'un autre financier, client de mon père. Je crois, je suis même certain que vous-même le lui aviez présenté, bien que de telles indications soient généralement tues dans le monde de la finance où, lorsqu'un professionnel perd pied, ses pairs font le vide autour de lui pour qu'il s'effondre le plus vite possible et avec le minimum de remous. Il doit également en être ainsi dans les milieux ecclésiastiques : mêmes affinités aseptiques et fuyantes, même façon de détourner le regard pour refuser le crédit ou la fraternité. L'odeur de l'hérésie suffit à faire d'un pauvre diable un hérétique reconnu coupable et bon pour l'autodafé.

À mieux y réfléchir (arrêtez-moi si je me trompe), monsieur Caldini devint le client de mon père après que celui-ci, en qualité d'avocat, fut parvenu à mettre en sécurité une partie de vos capitaux, alors menacés de l'effondrement général par le jeu dangereux des éboulis mineurs qui s'entraînaient mutuellement jusqu'à mettre en péril les forteresses les plus stables.

Une fois au moins, je vous vis ensemble dans le bureau de mon père, avant « l'affaire », comme on disait. L'idée ne me vint pas alors de vous comparer. Mais, à présent, je vous place côte à côte et la différence saute aux yeux. Caldini était un homme petit, toujours vêtu de noir : veste noire, pantalon à rayures. Pas de chapeau mou, le melon. Son visage brillait d'une intelligence telle qu'on ne pouvait le qualifier de racé. La peau blanche, les pommettes couperosées, le nez petit, camus, vulgaire, les lèvres minces, étirées par deux plis aux commissures de la bouche. Ses yeux clignaient en permanence, à la recherche – mais je ne le comprends qu'aujourd'hui – d'une issue en fait inexistante, du moins aux dimensions qu'il aurait voulues. Ses mains s'agitaient sans trêve, même lorsqu'il tentait de les immobiliser en les joignant et les appuyant sur ses genoux qu'il croisait par saccades, tel un acrobate grimpant à la corde.

Je pense qu'il avait vécu intensément, avec un plaisir ingénu, assez élémentaire, et que le luxe l'avait comblé des joies qu'il vous refusait. Ce devait être un financier d'occasion, sans tonsure. J'imagine qu'à Londres, lorsqu'il sortait le matin, il acceptait l'œillet glissé dans sa boutonnière par la fleuriste qui, le panier au bras, guettait à la sortie de métro de Moorgate les gentlemen portant parapluie et melon.

En vous revoyant l'un près de l'autre, je m'aperçois que l'aile de la tristesse, que j'avais remarquée pour la première fois dans la Buick, s'est encore assombrie. Votre regard est fixé vers des espaces encore plus lointains et votre sourire a perdu son agilité, sinon sa lumière. Peut-être est-ce aussi pour cette raison que l'outsider Caldini prit la place qui vous revenait et demeura en scène, sous l'œil subjugué du garçon assis au parterre. Ne vous étonnez pas, monsieur Alzheryan, si jc m'attarde sur ce nouveau personnage. Vous en auriez le droit car la lettre vous est adressée, vous qui êtes mon parrain, alors que monsieur Caldini traversa comme un météore le ciel de cet hiver milanais. En fait, je ne peux l'oublier pour deux raisons.

D'abord l'horrible épouvante éprouvée un après-midi lorsque je jetai un coup d'œil dans le bureau de mon père, précaution habituelle pour savoir si je pouvais entrer. Monsieur Caldini se tenait debout au milieu de la pièce. De son bras levé qui tremblait, il essayait d'appliquer un pistolet contre sa tempe. Ses yeux perçants trouaient un visage décoloré au point d'en être méconnaissable. Paralysé d'émotion, je serrais la poignée comme si je voulais l'arracher. Je vis mon père repousser son fauteuil et contourner son bureau. Fixant monsieur Caldini dans les yeux, il s'approcha rapidement ; d'un geste calme et impérieux, il lui prit des mains le pistolet et lui indiqua le divan de cuir sombre où son client s'affala, la respiration haletante. Puis mon père se retourna ; d'un signe, il m'ordonna de sortir. Je pensai qu'il ne m'avait même pas vu. Obéissant, j'allai m'asseoir dans l'antichambre. À travers la porte fermée, j'entendais sa voix irritée se nuancer peu à peu de tonalités chaudes et persuasives. Avocat d'acteurs célèbres, tels Zacconi et Moissi, il avait passionnément aimé le théâtre dans sa jeunesse. Je ne sais pourquoi, je pensais que monsieur Caldini pleurait. La passion de mon père pour le théâtre me revient à présent à l'esprit mais, sur le moment, j'étais étranglé d'émotion en songeant au risque qu'il avait couru. Monsieur Caldini m'inspirait aussi du chagrin et je craignais d'avoir commis une indiscrétion à son égard. Il sortit peu après, ramassa dans l'antichambre ses gants, son melon, son parapluie, et passa devant moi comme s'il ne s'était pas aperçu de ma présence.

La seconde raison est liée à la première car ce drame qu'il maîtrisa renforça l'admiration orgueilleuse que j'éprouvais à l'égard de mon père, qui dut se rendre en Angleterre et, grâce à un stratagème, parvint à éviter l'extradition de son client, impliqué dans la fameuse affaire Oustric. Un journal anglais publia une photographie de mon père. Pour une affaire antérieure de chèques sans provision, bénigne comparée à ce que charriait l'air ambiant, il fit intenter à Caldini un procès à Milan, qui empêcha son extradition en Angleterre, où il aurait eu à répondre d'une banqueroute colossale, dont j'ignore dans quelle mesure il était coupable. J'ai cru comprendre qu'elle avait pour origine l'effondrement du groupe français Oustric. À l'idée qu'il pourrait être arrêté, sans se rendre compte que là était son salut, monsieur Caldini menaça de se suicider. Peut-être l'aurait-il fait réellement ; mon père qui était, contrairement à moi, enclin à dédramatiser soutint que non.

Cet événement et ses vestiges tangibles : la coupure de journal portant la photo, le pistolet de marque belge échoué dans le tiroir du secrétaire, s'imprimèrent dans ma mémoire ; ils y gravèrent des traits assez précis ou, si l'on préfère, assez fabuleux de la Grande Crise qui, autrement, n'aurait affecté qu'en surface un garçon de mon âge, à travers des épisodes moins saisissants : la fermeture de magasins ou d'usines appartenant à des parents et connaissances, et le travail acharné de mon père, appelé d'urgence à toute heure du jour et de la nuit, comme un médecin pendant une épidémie. En fait, notre existence se déroulait tranquillement, égale à elle-même, dans le cadre familier régenté par la discrétion et l'économie. Hormis l'écho de ces bourrasques et la menue monnaie nécessaire à mes besoins, j'ignorais tout de l'argent. Je dirais même que je ne le voyais pas, exception faite de la liasse de billets démonétisés d'un million de marks dont vous m'aviez fait cadeau, monsieur Alzheryan ; je les gardais dans une boîte avec ma collection de timbres. Dans les romans que je dévorais, j'avais découvert que des gens se suicident pour des motifs d'honneur, d'autres par amour. Lorsque j'appris que Londres était le cadre de l'histoire, mes réflexions sur monsieur Caldini et son pistolet évoquèrent des personnages de Dickens, enfermés à Newgate dans la prison des débiteurs insolvables. Caldini, pour sa part, avait totalement disparu de la circulation. Je crois qu'il aboutit finalement sur la Côte d'Azur, où nombre de ses semblables refluaient à l'époque. Jamais il n'a mis un pied en prison, j'en suis sûr.

Je m'aperçois que monsieur Caldini m'a fait perdre à nouveau le fil de mon histoire. En fait, la Grande Crise, qui se déclencha peu avant mon adolescence, coïncida, monsieur Alzheryan, avec votre disparition progressive de mon horizon immédiat, qui s'était enrichi d'attractions inédites, tel un Luna Park éclatant de bruit et de lumière aux frontières d'un pays assoupi. D'ailleurs, votre horizon s'était également beaucoup modifié ; mon père laissait parfois filtrer à ce propos des allusions fugitives. La Fiaschetteria Toscana disparut aussi ; depuis un bout de temps, monsieur Dulla s'avançait de son pas désarticulé sur des sentiers éthérés. Lors de vos apparitions toujours plus fréquentes, vous invitiez mon père dans le meilleur des deux ou trois restaurants casher, situé via Agnello ou via Spadari, je ne m'en souviens plus ; il suffit, dans cette dernière rue, de ne pas le confondre avec la boutique en faïence Art nouveau bleu marine où l'on trouvait le meilleur salami d'oie et la dinde farcie dont nous étions friands à la maison. C'était, hélas, les derniers éléments qui me liaient aux traditions de mes ancêtres – sur ce point, les soupçons de madame Lea étaient fondés – qui, dans leur province natale d'Émilie, avaient essayé, grâce à ces spécialités raffinées, de tenir tête à leurs compatriotes catholiques, célèbres fabricants de saucisse de porc, malheureusement interdite aux fidèles de la Torah.

Vous-même, en revanche, vous étiez au fil des ans de plus en plus rapproché d'une orthodoxie rigoureuse. Bien sûr, je ne prétends pas que vous suiviez toutes les prescriptions ni que vous vous répandiez en oraisons. Vos prières devaient se borner à un silencieux colloque avec vous-même. Et plus vous l'approfondissiez, plus vous sembliez vouloir occuper, dans tous les domaines, moins de place dans l'espace. Vous aviez vraiment cessé de courir, monsieur Alzheryan, même par simple métaphore. J'y vois deux motifs possibles : ce colloque intime ou ce que vous aviez vu de très près, les Caldini et autres Oustric. Je sais : vous n'aviez rien perdu, ou presque, et vous auriez pu vous considérer heureux ; mais ce n'est pas cela qui comptait. Votre monde avait été trop ébranlé. Vous n'aviez plus confiance en vos nerfs trop vibrants de pur-sang, créature qui, d'ailleurs, vieillit prématurément. Une mélancolie particulière assombrit le regard des étalons, conscients, dirait-on, d'être le chaînon d'une postérité fatalement promise à l'esclavage. Ou peut-être n'est-ce que le reflet des pensées de qui les observe dans leur box, après les avoir vus traverser autrefois le pesage avant une course, superbes, la robe soyeuse, au milieu des murmures d'admiration. Je ne puis ici échapper à l'impression produite par une toile de Degas, dont vous pourriez revêtir indifféremment la robe d'un des chevaux ou la redingote tabac d'un des gentlemen en haut-de-forme, postés derrière la barrière. Vous qui aviez traversé les années, égal à vous-même, préservé par une invisible cloche de verre, comme un financier ou un ecclésiastique – toujours cette même affinité – vous réapparaissiez vieux tout à coup, sans avoir subi la dégradation progressive de l'âge.

Votre harmonie parfaite s'était détériorée, de même votre élégance naturelle. Vous me rappeliez ces acteurs, Adolphe Menjou, par exemple, qui s'obstinent pendant des lustres à jouer des rôles de jeune premier et que, subitement, le public découvre grands-pères avant même d'avoir pu les imaginer pères. L'aura opaque de votre teint et de l'ensemble de votre personne – elle avait été à l'origine de votre pouvoir de fascination – s'éteignait et se rapprochait de la patine des sculptures en cire de Medardo Rosso. Tout en vous paraissait lié à d'autres temps ; vous n'apparteniez plus à un monde différent, brillant et cosmopolite ; nous-mêmes vivions au fond d'une cage étroite et grise mais feutrée d'amour. Vous apparteniez à un monde passé, qui s'embrumait : vous sentiez le démodé, pas encore l'ancien, comme les meubles de « style anglais » que mammina souhaitait tant changer. Pour vos collations d'oiseau, vous ne mettiez plus les pieds que dans des restaurants casher. S'il avait existé de grands hôtels casher dignes de vous, vous les auriez adoptés, insensible aux protestations nostalgiques d'une armée déférente de maîtres d'hôtel affables et de portiers autoritaires. Vous étiez devenu très pieux, disait mon père, non sans une touche d'ironie. Peut-être lui semblait-il que ce nouveau guêpier où vous vous engagiez était décidément trop énorme pour qu'il puisse vous en tirer, grâce à de simples stratagèmes. Vous subveniez discrètement aux besoins de familles nécessiteuses et facilitiez le mariage de vieilles filles, dont la pauvreté n'était pas le seul handicap. À côté de spécimens de choix, les semences trop épurées produisent des fruits desséchés, résolument dépourvus de sex-appeal. Une de nos cousines, lancée à corps perdu dans cette activité charitable, téléphonait souvent à mon père pour obtenir votre soutien. Vous ne refusiez jamais, monsieur Alzheryan. Vous occupiez aussi une charge honorifique dans la Communauté de Berlin, ville où, je l'appris plus tard, vous concentriez progressivement vos biens immobiliers. Pourquoi Berlin ? On peut se le demander. Peut-être que votre flair merveilleux ne pouvait commettre d'erreurs communes, contrairement à celui d'un quelconque Caldini. Ou peut-être votre piété vous menait-elle à votre insu à l'expiation posthume ; une expiation qui ne vous touchait pas personnellement mais concernait cette partie de vous que constituait votre patrimoine considérable. D'une façon ou d'une autre, vous aviez été choisi.

Il m'arrivait assez rarement, à l'occasion d'une réception chez des parents ou des amis communs, de vous voir près de votre sœur. J'ai l'impression que madame Lea ne sortait de sa tente que pour vous rencontrer et, probablement, pour vous assener les secrets qui lui brûlaient les lèvres. Elle ne résistait pas au besoin de décocher ses flèches, trempées dans sa vérité subjective, contre mon père ou contre vous, monsieur Alzheryan, qui continuiez cependant à donner beaucoup, mais rien de vous-même. Aussi avais-je l'impression que vous avanciez à reculons dans votre vie intime, surtout devant votre sœur. Absorbé dans de nouvelles pensées, vous ne répondiez pas. Peut-être viviez-vous dans une dimension que les flèches ne peuvent atteindre. Votre sœur en enduisait les pointes tantôt de venin, tantôt de miel. Lorsque vous étiez présent, elle n'accordait même pas un coup d'œil réprobateur à son mari qui se retranchait dans un coin, protégé derrière son éternel nuage de fumée. Tout à coup, madame Lea appelait ses deux enfants, un garçon et une fille, l'air visiblement ennuyé dans leurs beaux atours ; différents l'un de l'autre, tous deux avaient le visage éclairé par un reflet de votre beauté, monsieur Alzheryan. Madame Lea les poussait près de vous ; si elle l'avait pu, elle vous les aurait mis dans les bras, apparemment décidée à étendre à ses enfants le quasi-inceste financier où elle vous impliquait depuis si longtemps avec hauteur, en vous attribuant leur paternité morale, la seule vraie, dont elle avait dépossédé son mari, alors que les enfants demeuraient attachés à leur père. Rescapé d'une série d'échecs médiocres, ce mari n'avait même pas pu atteindre la grandeur d'un désastre à la Caldini qui aurait eu l'insigne mérite d'assouvir la vocation de tragédienne de votre sœur.

Une année s'écoule, peut-être deux. La dernière image que je garde de vous en chair et en os se passe « au bord du lac », comme la première : elle ressemble aux jeux de cartes dont chacune porte le dessin d'une fleur, son nom et celui du lieu où elle croît. L'hôtel luxueux n'a que peu à voir avec le Villa d'Esté. Mais la clé musicale et les accords discrets sont les mêmes. Belles plantes soignées sur les tapis d'herbe pâle et clairsemée de mars. Vieilles dames américaines sur les chaises longues d'osier, sous le hêtre pourpre triomphant qui déploie ses premières feuilles aux tons de bronze. Des jets d'eau s'entrecroisent dans un bruissement lointain. L'air est pur, vif, grisant. À l'intérieur, faste discret des murs peints en gris perle et rehaussés de moulures dorées à la feuille, tapis cramoisis, cuivres luisants, ficus et palmiers en pot.

Mon père m'avait invité à l'accompagner :

– Locarno te plaira sûrement. Et puis, tu verras ton parrain. Malheureusement, il ne va pas bien.

En réalité, sous sa lumière vitrifiée – des éclats de quartz flottent dans l'eau du lac et rayonnent jusqu'à l'extrémité des feuilles –, Locarno m'apparut prisonnière d'un noble ennui, aux confins de l'Histoire dont je commençais à peine à percevoir la rumeur. Je montai jusqu'à votre suite. Ici plus que jamais, je crains une surimpression d'images dans le temps. Car, en revoyant la scène, je suis frappé par votre ressemblance avec un visage célèbre, que je ne découvrirai que plus tard, sur une multitude de photographies. À nouveau celui de Chaplin ; cette fois, c'est un vieux monsieur en frac, à Vevey; Oona est près de lui. Il coupe un gâteau et embrasse la collégienne qui lui tend un bouquet de fleurs.

Vous n'êtes pas en frac. Sur le pantalon d'un complet gris, vous portez une veste d'intérieur de soie bleue, brodée de fils argentés. Vous avez vous aussi à vos côtés une femme jeune et plaisante, dont les yeux bleu intense virent au violet, la dame dont le nom revenait de temps à autre dans les conversations que j'étais censé ne pas entendre. Levant les yeux du guéridon en bois de rose, couvert de flacons, de fioles et d'un inhalateur majestueux, dont s'élève une colonne dense de fumée, elle sourit à mon père avec une expression sympathique et confiante. Une odeur de soufre mêlée de gaïacol flotte dans la chambre. Après un signe d'excuse, monsieur Alzheryan, vous continuez d'aspirer par le nez, la bouche entrouverte. Un foulard de soie est noué autour de votre tête. Je vous salue et, sur le conseil de mon père, je descends me promener dans le jardin. J'ai été secoué de vous voir ainsi, rapetissé, dirait-on. J'éprouve pour vous une tendresse inattendue.

Plus tard, nous déjeunons tous les quatre au salon à une table d'angle abritée des courants d'air. La dame me questionne sur mes études et mes activités sportives. Elle-même jouait au tennis, mais plus à présent. Je l'observe mieux. Elle a les cheveux blond foncé, un front pur qui met ses yeux en valeur, des lèvres minces et un nez petit, légèrement retroussé. Sa beauté reposante gagne à être contemplée. Je lui réponds avec entrain, dans l'espoir d'obtenir un sourire semblable à celui qu'elle a adressé à mon père. Elle est suisse et son italien un peu laborieux m'enchante. Mon père et vous discutez à voix basse en français et donnez l'impression de reprendre une conversation antérieure pour en préciser quelques points. Par moments, vous jetez un regard vers la jeune femme ou lui posez une question qui n'appelle pas de réponse, peut-être pour le seul plaisir de prononcer son nom caressant: Hélène. Puis vous me souriez.

Lorsque j'ai commencé cette lettre, monsieur Alzheryan, je ne pensais pas arriver aussi loin. La dernière image était si profondément enfouie que jamais je n'aurais pu la retrouver si je n'étais parti des premières. Le foulard noué autour de votre tête, le dos courbé, aphone. Lorsque les héros s'écroulent pour si peu, cela signifie que leur temps est révolu. Une fois descendu de votre Olympe de perfection, vos traits avaient adopté subitement une nuance plus douce et plus humaine. Vous viviez dans ma mémoire comme dans une châsse, embaumé dans votre splendeur, sous la patine lisse et aseptisée de l'homme du monde, du grand prêtre de la finance ou transfiguré par l'incarnation métaphorique du pur-sang ombrageux.

Vous avez rempli tour à tour ces différents rôles dans l'imagination d'un enfant. À présent, physiquement, vous avez une ressemblance lointaine avec votre sœur. Comme si madame Lea s'était soumise à une longue série de bains turcs. Pas une once de graisse sur votre visage qui a perdu son pâle éclat, comme s'il avait été cuit à feu doux. La patine cireuse grisonne et les cheveux argentés semblent ternis, oxydés, dirait-on. L'ombre qui cerne les poches sous les yeux s'allonge jusqu'aux joues creuses. La peau du nez devenue poreuse le fait paraître à la fois gonflé et décharné. Et dans vos yeux, je lis aujourd'hui la peur que je n'avais su déchiffrer alors. Il ne s'agit plus de la peur que vous inspire votre sœur. Dans cette nouvelle perspective, il n'y a pas de parents : chacun doit s'avancer seul. D'après ce que je comprends, vous allez épouser Hélène le plus vite possible et mon père se charge de préparer les actes. Peut-être après tout n'est-ce pas la peur. Parvenu à ce point… De toute façon, je ne vous reverrai pas.

Jamais je ne vous revis. Mais votre absence est la présence la plus sensible au cours de la réunion de famille qui se tient, toujours au bord du lac, dans le jardin d'une vieille villa de Menaggio que mes parents ont louée pour l'été. Curieuse coïncidence, le propriétaire est un prêtre, fils d'un banquier ruiné juste avant ou après la Grande Guerre ; je crois qu'il s'appelait Bancora. Ce prêtre, qui me donne des leçons de latin pour préparer mon examen d'octobre, n'a rien de commun avec les prélats auxquels je vous ai comparé, rien à voir avec le haut clergé. Sa candeur est si désarmante que je suis obligé de travailler pour ne pas le décevoir. Il mourra quelques années plus tard, en cueillant des edelweiss.

La réunion se passe au jardin sur la pelouse maigrement ombragée par trois minces palmiers. Mammina sert le thé. De la pelouse, après un emplacement semé de gravier, un escalier monte à la villa. Dans les fauteuils d'osier sont assis, en commençant par la gauche – pardonnez-moi d'être si minutieux, mais de toutes les scènes décrites dans ma lettre celle-ci est peut-être la seule que vous ignorez –, une de vos sœurs que je n'ai jamais vue et qui ne vous ressemble en rien : petite, maigre, dotée d'un grand nez et d'un sourire cordial, incroyablement doux ; ensuite son mari, professeur de physique dans une université allemande. Grand, mince, la barbe blanche taillée en pointe, le regard bon et sage derrière d'épaisses lunettes. Pétris tous deux d'une grâce naturelle, ils finiront dans une chambre à gaz. Le destin, s'il choisit, dispose de critères différents des nôtres ; vous devez le savoir mieux que moi. Ensuite, votre sœur Lea. Et auprès d'elle, un peu en retrait, les jambes croisées, fiché sur une chaise étroite (peut-être n'est-ce pas exact mais les images exigent plus de cohérence que la réalité), son mari. Je crois qu'il aimerait être à mille lieues de là : il y sera d'ici peu. Il a encore maigri et semble vouloir s'amenuiser toujours plus pour s'envoler furtivement dans une bouffée de fumée. Les deux hommes ont une cravate noire. La plus jeune sœur porte une robe à carreaux gris et noirs ou, peut-être, noirs et blancs.

Madame Lea arbore un deuil somptueux, digne de son accablement ostentatoire. Elle capte le soleil autant que les toits d'ardoise noire des hospices dans les cols alpins. Tous la redoutent d'ailleurs, et pas seulement son mari qui, je le répète, souhaiterait se métamorphoser en papillon et prendre son envol au-delà de la haie de grands bambous qui ferme la scène du côté opposé à l'escalier. Personne n'a formulé d'objection à ce que mon père est venu annoncer. On estime, monsieur Alzheryan, que vous avez bien agi en assurant une rente suffisante à vos deux sœurs et à la femme que vous avez épousée in extremis à Locarno, devant le rabbin. L'essentiel du patrimoine, les immeubles de Berlin, iront à la Communauté.

Mais, derrière le splendide voile noir, je capte les yeux de votre sœur qui étincellent, projetant désaveux et malédictions. Elle éclate en sanglots rythmés, appelle ses enfants dans des râles. Puis, véhémente, accuse mon père qui s'éloigne ostensiblement dans le jardin, en enfilant avec soin un demi-toscan dans son fume-cigare de cerisier. Votre jeune sœur le rattrape à la grille et s'appuie sur son bras avec abandon. Il s'incline vers elle et lui parle longuement à mi-voix. Lorsqu'ils passent devant moi, je vois que ses yeux sont embués de larmes. D'après ce que j'entends, le professeur, qui n'a pas bougé, tente non sans embarras d'apaiser madame Lea par des phrases de circonstance, proférées dans sa langue.

Autant souffler sur le feu. Le professeur se tait subitement, s'agite dans son fauteuil et jette de tous côtés des regards éperdus, en quête de secours. Il ne peut décemment laisser seule sa belle-sœur, dont le mari s'est courageusement éclipsé depuis un moment. Moi, je ne compte pas ; du reste, pour rien au monde, je ne bougerais d'une semelle. Le feu gronde à présent ; madame Lea geint à nouveau ; elle vous accuse, elle accuse tout le monde, y compris elle-même, de sa voix chaude et onctueuse, brisée par des aigus soudains qui, sous l'éventail indolent des palmiers, dégagent un arôme oriental. Le soleil inonde la pelouse. J'ignore s'il s'agit d'un rêve ultérieur ou d'un éblouissement provoqué par la puissance des rayons. Le cédrat piqué de clous de girofle me revient à l'esprit. Quelqu'un le lui mettra sous le nez pour empêcher qu'elle ne s'évanouisse. Tout à coup, la scène semble s'éloigner et se transformer dans un fondu cinématographique.

L'herbe n'est plus verte ; la pelouse est envahie de broussailles et de cailloux. Votre sœur Lea est debout devant l'entrée d'une tente de soie noire qui flamboie douloureusement dans le soleil, auprès de trois palmiers fluets. Elle pousse de profondes clameurs, des invectives et déchire son voile. En file indienne, traînant leurs sandales poussiéreuses et l'effleurant de leurs longues robes blanches, des personnages pensifs et lointains défilent devant elle sans l'entendre. Il me semble vaguement reconnaître les filles de Laban, Joseph et ses frères, Ruth la glaneuse et le gros Booz. Je m'aperçois qu'ils ne projettent pas d'ombre mais laissent des traces d'un bleu aussi pâle que le cours des fleuves sur une vieille carte. Puis, de nouveau, le désert : la tente s'évanouit dans le lointain, votre sœur demeure seule. Je vois ses gestes au ralenti, mais n'entends plus sa voix. En revanche, j'ai l'impression que quelqu'un m'appelle : un message silencieux, catégorique.

Je me tourne vivement vers l'escalier ; je vous reconnais de dos, monsieur Alzheryan. Mince, élégant, pétri de dignité comme aux beaux jours, vous gravissez d'une démarche liturgique les marches couvertes d'un épais tapis cramoisi. Il doit bien s'agir d'un songe, car je ne puis me rappeler l'escalier autrement que nu, en pierre de taille blanche. Votre pas est plus assuré que jamais. Je sens avec force que quelqu'un ou quelque chose vous attend, mais sûrement pas une Buick ou une

Pontiac, dont un chauffeur en livrée ouvrirait la portière. Et le silence, tombé à l'improviste, m'apprend que c'est vous qui m'avez appelé.

Au sommet de l'escalier, dans un atrium froid, peint en gris souligné de filets dorés, le médaillon incrusté de perles resplendit au fond d'une niche, plus grand que toutes les descriptions qui m'en ont été faites. Le Nom que la Torah interdit de prononcer y flamboie en lettres scintillantes. Avec une telle violence que je dois fermer les yeux.

Une amitié exemplaire

On n'a jamais vu encore de nations assez sages et peu conformistes pour commémorer solennellement leurs défaites militaires, offrant ainsi à la jeunesse un thème utile de méditation. Bien au contraire, on nous encourageait dès la tendre enfance à exalter l'anniversaire de nos victoires et à frémir à la vue des parades guerrières et des bersagliers défilant au pas de course, fanfare en tête. Pour moi, je n'oublierai jamais l'apparition sur la piazza Cinque Giornate[1] – même la toponomastique ignore les déroutes, à de prudentes exceptions près – des derniers garibaldiens, chemise rouge et barbe blanche comme autant de Pères Noël, dont les rangs résistaient à la faux du Temps, du fait des enrôlements tardifs.

Inspiré par les illustrations de livres apologétiques du Risorgimento et par les silhouettes chenues de ces vétérans, je me mis à broder

1. Les Cinq Journées de la libération de Milan, du 18 au 22 mars 1848.

autour de notre famille une tradition guerrière qui, raisonnablement, s'avérait assez improbable : au cours des cent dernières années, je ne pouvais remonter au-delà, ses membres s'étaient consacrés à des commerces plutôt malchanceux et, plus tard, à de paisibles professions libérales. Les rares témoignages concrets ne faisaient qu'effleurer mon ascendance directe, à commencer par le béret de drap noir et de velours cramoisi, brodé d'une grecque dorée, d'un général du génie, frère de mon arrière-grand-mère Ajo, qui me l'avait offert. Dans le salon d'une de nos parentes, le daguerréotype qui occupait la place d'honneur représentait son grand-père, nommé colonel en 1870 pendant la prise de Rome. Par ailleurs, notre cousin Vittorio boitait depuis que, sur l'Isonzo, un éclat d'obus lui avait emporté une malléole. Enfin, le père de mon père, mort avant ma naissance, avait été blessé superficiellement à l'épaule, au cours des campagnes contre le brigandage. Par un processus inconscient de sublimation, j'arrivai à radier de ma généalogie batailleuse le fait qu'il y avait pris part en qualité de caporal-chef des carabiniers, contraint de se rengager en raison d'une situation économique précaire.

Si ma mémoire se montrait complaisante quant aux vicissitudes de mon aïeul, j'échouais à manœuvrer avec autant de désinvolture lorsque j'étais confronté au témoignage d'une photographie, posée sur une étagère près du secrétaire de mon père. Il y figurait en uniforme de simple soldat; la vareuse moulante soulignait sa bedaine et les molletières révélaient des mollets de sédentaire.

Même sur ce portrait, sa beauté résistait. Au-delà de l'harmonie des traits, elle m'apparaissait comme un fluide émané du front, bien modelé au-dessus du nez grec, et de la barbe, sous laquelle se dessinaient des lèvres minces, prédisposées à un sourire que la profondeur des yeux sombres rendait grave et doux. En revanche, le portrait idyllique que je m'obstinais à colorier était un raté complet. Le sobre gris-vert ridiculisait sa silhouette, lorsque je la confrontais au folklore martial dont mon imagination se nourrissait, surtout si je me le représentais raide, au garde-à-vous, répondant « Oui, mon capitaine » au premier officier qui surgissait devant lui.

J'étais donc obligé de vivifier par des expédients ma légende anémique et, avant tout, de reléguer dans un coin ce document embarrassant qui venait tout compliquer. Mon père, en effet, occupait à mes yeux un piédestal si élevé que j'en étais inconsciemment venu à le placer non pas au niveau d'un officier quelconque, mais à celui de Garibaldi en personne, mon héros préféré pour la raison que, tout en sachant la conduire avec habileté, il n'aimait pas la guerre (cette distinction de caractère pacifiste menaçait d'ailleurs la cohérence de mes ambitions). Une gravure tirée d'un tableau d'Induno me venait souvent à l'esprit:

elle représentait Garibaldi au chevet d'Anita mourante. La beauté virile, la barbe et le regard intense le rapprochaient de mon père. Ainsi s'ouvrait un abîme de contradictions : d'une part, l'héritage d'une sensibilité certainement sincère dans notre famille ; d'autre part, les rêveries belliqueuses que je poursuivais quand je manœuvrais des planches de carton à découper, couvertes de zouaves et de bersagliers baïonnette au canon, ou de hussards et de dragons lance en arrêt.

Mon admiration pour mon père m'empêchait d'évaluer avec sérénité sa modeste carrière dans l'armée. Il n'avait pas participé à la Grande Guerre, qui prit fin au moment où je naquis, quelques mois avant que ma mère ne meure de la grippe espagnole. Exempté du service militaire – son frère cadet le fit à sa place – mon père fut mobilisé, après le début des hostilités, et placé au tribunal militaire de Monza. J'aurais pu, dans mon imagination, l'expédier au front comme volontaire et le faire nommer officier sur-le-champ, après une mission dans les lignes ennemies… Mais les exigences de l'affection l'emportaient sur les chimères. J'étais inquiet à l'idée que ses yeux, déjà bien assez pensifs, ne s'assombrissent encore devant un mensonge aussi éhonté, même si, bien sûr, il devait l'ignorer. Cela ressemblait trop à une critique de son passé paisible, à un lapsus qui trahissait mes aspirations à la gloire, insatisfaites et transférées sur notre arbre généalogique.

D'autant que mon père ne prenait pas au sérieux mes enthousiasmes et, quand je le questionnais à propos des événements militaires d'alors, il répondait par monosyllabes ou se moquait gentiment de moi. Ma sœur parlait parfois du contrecoup de la guerre, vécu à la maison. Elle avait gardé vivante l'image de ma mère, assise près de la table de travail dans un coin du séjour; après avoir feuilleté le journal et parcouru les nouvelles du front, elle se mettait toujours à pleurer.

Mais tout cela n'a rien à voir avec le mobile qui m'a poussé à saisir la photographie de mon père en uniforme. J'ai oublié de dire, en effet, que près de lui, et dans la même tenue, un personnage petit et fluet dresse sa tête ronde comme une boule et nantie de vastes oreilles décollées; son sourire malicieux relève ses moustaches. Il ressemble, j'y pense après coup, aux sergents-bourreaux des chœurs des comédies de Labiche et de Feydeau. À l'époque, il me rappelait plutôt Fortunello, le héros inséparable de la mule Checca d'un célèbre feuilleton du *Corriere dei Piccoli*[1].

Mis à part le fait qu'il démentait, non sans ironie, mes élucubrations, ce portrait m'avait été cher dans la mesure où il rappelait que, pendant les sombres années de la guerre (elles

1. Magazine italien pour enfants, à fort tirage.

me paraissent ainsi quand je pense aux larmes de ma mère, car j'y percevais un pressentiment de sa mort prochaine), mon père avait eu un ami, toujours demeuré proche de lui. Cet autre personnage, le commendatore Sironi, ne perdait jamais une occasion de proclamer que mon père était pour lui un frère aîné et même un ange gardien, envoyé par la Providence pour le protéger. Ces déclarations emphatiques inspiraient à l'ange un sourire.

Cela dit, si l'on oublie qu'ils avaient pratiquement le même âge et que comparer l'un à un grand frère était abusif, les dangers dont mon père devait protéger son ami demeuraient fort obscurs, encore qu'il me fût agréable de penser que l'ombre allégorique, étendue à ses pieds, était assez généreuse pour abriter, comme celle d'un grand chêne, tous ceux qui jouissaient du privilège de l'approcher. Pour justifier ma perplexité, j'ajoute que le commendatore se prénommait Attila, et aussi bien son titre, à l'époque honoré, que son prénom suggéraient qu'il était de taille à se protéger lui-même.

Avant que je n'aille en classe, puis pendant mes années à l'école primaire, j'accompagnais souvent mon père au tribunal ou quand il rendait visite à ses clients. J'ignore si ces visites étaient une pratique en usage chez les avocats de l'époque ou si mon père répugnait à passer la journée entière enfermé dans son bureau. Une chose est sûre : lorsque le soir, sitôt à table, il annonçait que nous irions le lendemain chez le commendatore, j'étais aussi excité que si l'on m'avait promis de m'emmener au cirque Krone.

Je croyais profondément à l'amitié qui unissait par de tendres liens certains héros que j'admirais. Et le prénom de mon père étant Enea, pour mes oreilles insensibles aux anachronismes, Attila et Enea relevaient de la même sonorité antique que Damon et Phintias ou Achille et Patrocle. L'affection de mon père me comblait, mais je pressentais déjà que bientôt je désirerais entretenir une relation aussi étroite avec un garçon de mon âge et que ma timidité, entretenue dans le cocon de la tendresse paternelle, pourrait représenter un obstacle. En attendant, l'amitié exaltée en famille me servait de modèle idéal. Percevoir dans les paroles et les gestes du commendatore le reflet de mes élans vers la même personne confirmait, de l'extérieur, le mérite attribué à mon père. Il me semblait de surcroît que mon existence, encore floue et incertaine, prenait plus de consistance du fait que j'étais inclus dans ce lien solide.

À la joie de rendre visite à notre ami s'en ajoutait une autre : pour aller chez lui, il fallait emprunter le seul autobus public alors en service. Plus exactement « l'omnibus » électrique dont la carrosserie, blanche comme le lait, se distinguait des tramways jaune canari par l'absence de rails et de fils suspendus et par sa curieuse allure.

À l'approche des arrêts, il commençait à freiner en émettant des gémissements étranglés, presque humains, avant de reprendre sa course sur ses pneus pleins, avec le bruissement inoubliable d'un balai traînant sur le sol. En somme, rien dans ce flegmatique moyen de transport ne rappelait son origine mécanique, rien n'y était fruste ou vulgaire. Participant de cette même distinction, la plupart des compagnons de voyage portaient le deuil et les vieilles dames disparaissaient derrière des bouquets de chrysanthèmes, enveloppés dans du papier transparent. De San Babila, proche de chez nous, l'omnibus conduisait en effet au cimetière Monumental. Le siège de la Sironi & Cie en était peu distant, de l'autre côté d'une passerelle suspendue à des câbles de fer tressés, qui franchissaient le faisceau de voies de la gare de marchandises Farini.

J'ignore pour quelle raison ce morne quartier, aux bâtiments gris et bas : entrepôts, usines, immeubles populaires aux cours envahies de balcons, continue de m'apparaître derrière une vitre trouble sur laquelle glissent de grosses gouttes de pluie, alors même qu'il a été depuis presque entièrement rénové. En traversant la passerelle, on voyait les locomotives des trains de marchandises cracher leurs panaches de fumée qui stagnaient sous la coupole d'un ciel toujours gris cendré, selon mon souvenir. Les énormes fourgons safran des Transports Gondrand roulaient bruyamment sur les pavés, traînés par des paires de chevaux normands.

L'entreprise, bureaux et ateliers, occupait un long bâtiment d'un seul étage. Au ras du trottoir, les fenêtres du sous-sol, trapues et carrées, étaient protégées par des grilles de fer, peintes en argent, dont le décor se composait de tournesols. Entre les fenêtres du premier étage, plus élancées, des rectangles de céramique portaient les initiales du propriétaire, encadrées d'une guirlande de lierre. La pierre de la façade était rêche et poreuse. L'établissement fabriquait des casques, des manteaux et des tenues d'amiante pour les pompiers, des toiles goudronnées et des imperméables de caoutchouc. Bref, tout ce qui sert à protéger les hommes et les choses du feu et surtout de l'eau.

Dès la grille d'entrée, agrémentée elle aussi d'un décor de tournesols, qui ouvrait sur une cour protégée par une marquise en forme d'éventail, je commençais à flairer une odeur d'acétone et de caoutchouc chauffé. Le mélange pénétrant me montait à la tête, provoquant un léger vertige.

L'attente de ce que j'allais découvrir de l'autre côté de la grille avait rapidement raison de ce désagrément; néanmoins, mes premiers pas s'effectuaient toujours sous l'emprise de l'atmosphère qui planait sur les ateliers, rappelant avec une tristesse puritaine que le travail est un fardeau. Là cependant, cette atmosphère tenait à la grisaille des lieux et des choses plutôt qu'à l'humeur des gens. Dès l'arrivée de mon père, elle cédait la place à une bouffée de gaieté. Avocat de la Sironi & Cie depuis sa fondation, il était salué avec sympathie par tous ceux qu'il croisait. Il répondait en général par une plaisanterie ou par un mot plus personnel qui souvent faisait allusion à des événements familiaux : mariages, naissances ou maladies récentes. Quand le patron était occupé, mon père faisait irruption dans le service de comptabilité. Le responsable siégeait au fond, derrière un châssis de verre pourvu de guichets. C'était un petit homme toujours souriant, aux chairs flasques et dont la tête en poire était zébrée de mèches de cheveux pommadés. Une chaîne d'argent, ornée d'une corne de corail en breloque, s'étalait sur son gilet. Été comme hiver, il portait une jaquette noire d'alpaga. Dès qu'il m'apercevait, mi-bourru mi-affable, il me lançait la même question :

– Et toi ? Es-tu capable de devenir un jour un grand avocat comme ton père ?

À égale distance de cette pièce et du bureau du commendatore se trouvait la salle d'attente, meublée d'un long divan et d'une table de noyer où revues et catalogues s'empilaient dans un ordre méticuleux. Contrairement à ce lieu austère et aux bureaux modestes, encore que très bien tenus, le cabinet de travail du patron affichait une allure seigneuriale qui dégageait une impression de puissance plus que de luxe : seul, je m'y serais senti perdu. Au milieu du mur opposé à la fenêtre trônait une gigantesque cheminée de briques dont les chenets de fer représentaient des griffons ; elle était surmontée d'un blason en porcelaine émaillée, issu peut-être d'une recherche héraldique commandée par monsieur Attila. Des deux côtés du blason, des guirlandes de fruits et de fleurs couraient en haut des tentures damassées. Le mobilier de noyer foncé, sculpté de colonnettes torses et autres motifs, évoquait un château, à l'exception de quatre fauteuils de cuir, où l'on s'enfonçait en provoquant des soupirs langoureux, à croire que l'on s'asseyait sur un accordéon.

Entre les frises sculptées de coquillages du secrétaire massif, des gueules de lion béaient. Derrière, des photographies griffées de longues dédicaces pendaient au mur dans des cadres d'argent. Les plus anciennes dataient de l'époque de Diaz[1] et de Thaon di Revel[2]. Sous le portrait de l'amiral, après son nom et son grade figurait la mention « Duc de la Mer ». Devant ce titre superbe, je frôlais le vertige. Je m'imaginais debout sur une haute passerelle de commandement, balayant du regard un horizon marin scintillant.

---

1. Maréchal Armando Diaz (1861-1928). Vainqueur sur le Piave, il s'empare de Vittorio Veneto (1918). Ministre de la Guerre.

2. Amiral Paolo Thaon di Revel (1859-1948). Chef des forces navales alliées dans l'Adriatique (1917). Ministre de la Marine.

Monsieur Attila dominait son bureau d'une position non moins stratégique, assis à son secrétaire sur une sorte de cathèdre ou de petit trône, surélevé par une estrade, invisible à l'œil du visiteur. Vu sa petite taille, il aurait, sans cet artifice, disparu derrière ce monument, dont je me figurais qu'il pourrait soudain se mettre à rugir de toutes ses gueules, allégorie animale des pouvoirs qu'exerçait monsieur Attila. La cheminée était là pour l'esthétique mais les calorifères, dissimulés derrière des panoplies de fausses hallebardes, chauffaient à blanc. Dès l'entrée j'étais happé dans un tourbillon de chaleur et mon père, qui fumait des demi-toscans dans un porte-cigare en bois de cerisier, toussotait en protestant. Monsieur Attila, qui avait toujours froid, s'y prélassait.

Oubliant un instant son autorité dûment soulignée par le décor, je constatais avec irrévérence qu'il ressemblait encore plus à Fortunello que sur la photographie en noir et blanc. Il avait le cheveu rare, des moustaches à peine grisonnantes, des yeux bleu clair un peu glauques. Sentiments et humeurs modifiaient par à-coups l'incarnat délicat des joues et du petit nez, si bien que sa figure rappelait par moments celle des imitateurs de cirque et de spectacle de variétés où mon père m'emmenait souvent. Sa façon de se tenir et de gesticuler faisait penser à un acteur et même à un clown, dans des circonstances qui m'étaient réservées ainsi qu'à d'autres privilégiés de mon âge. Sautillant de-ci de-là, il agitait les bras, remuait les mains, fléchissait les genoux. Comme certains produits fabriqués par son entreprise, ses membres semblaient en caoutchouc. Chez Sironi & Cie, tout le monde parlait en dialecte mais la prononciation du patron était de beaucoup la mieux adaptée à l'alternance d'accents parfois flûtés, parfois impérieux, comme si son thorax étroit cachait le soufflet d'un organe dialectal singulier, difficile à reproduire.

Milan donnait alors l'impression d'une ville plus nordique que celle d'aujourd'hui et rappelait les illustrations glaciales de certains contes d'Andersen. Les hivers étaient moins cléments, la neige tombait avec plus de fréquence et d'abondance : une année, elle atteignit deux mètres. La présence de ramoneurs et de jeunes travailleurs venus des montagnes nuançait l'air d'une pointe de sensiblerie à la Hector Malot. Au travail, pas de pause ; la vie était austère, du moins dans l'espace que couvrait mon regard. Plus chaleureux, les foyers se repliaient jalousement sur eux-mêmes. Sous l'influence du cinéma muet et de l'opéra lyrique, les sentiments s'exprimaient à travers des gestes exagérés et des discours emphatiques. Et vu la bonhomie traditionnelle de ses habitants, qui se manifestait sans complexe, surtout à l'égard des enfants, dont on n'avait pas encore décelé l'agressivité naturelle et la tendance au sadisme, je serais tenté de dire que le chef-lieu de la Lombardie était la plus méridionale des villes du Nord. En réalité, je recours à des concepts approximatifs, fondés sur la latitude, uniquement par crainte que le rapport qui s'était établi entre monsieur Attila et moi ne paraisse peu crédible.

Un cérémonial rigoureux le régentait. À peine avions-nous fait notre entrée, le commendatore, feignant d'ignorer la présence de mon père, dégringolait de sa cathèdre les bras grands ouverts, en proférant une litanie de louanges émerveillées qui éblouissaient d'autant plus leur objet qu'elles ne correspondaient en rien à l'image que les miroirs lui renvoyaient. J'étais un enfant au physique ingrat : maigre, le visage coincé entre de grandes oreilles en éventail, les yeux saillants. Si mal fondée que fût l'admiration théâtrale de monsieur Attila, il ne me venait pas à l'esprit de douter de sa sincérité ; elle me semblait le reflet de l'affection qu'il portait à mon père.

Parvenu jusqu'à moi, il battait des mains puis me soulevait pour me poser debout sur un des fauteuils. Sautillant autour de moi, il inaugurait alors, dans son milanais savoureux, une nouvelle série d'exclamations, apparemment adressées à un public inexistant :

– Mais regardez-moi cette *belessa !* Ces grands yeux intelligents ! On est venu voir monsieur Attila, hein ?

Il me fixait un moment, l'air complice :

– Mais que pourrait bien faire ce pauvre monsieur Attila, hein ? reprenait-il en écartant des bras consternés.

– À moins que… Voyons voir.

Trottinant à la hâte vers le secrétaire monumental, il faisait mine de ne savoir où chercher et manœuvrait les poignées jusqu'à ce que, comme par hasard, il trouvât le bon tiroir. Il y pêchait à pleines poignées des fruits candis et des chocolats, puis faisait demi-tour pour venir les déverser dans mes mains.

– Le pauvre monsieur Attila n'a rien d'autre. Alors que toi, toi ma *belessa,* tu mériterais qu'on aille te décrocher la lune pour te la donner !

D'un bond il se tournait vers mon père, pour s'assurer que celui-ci ne perdait rien du spectacle. Puis, dressant le buste, il allongeait les bras vers le plafond à caissons, peint de soleils d'or sur champ d'azur, comme s'il essayait effectivement d'attraper le fil d'un ballon énorme ; sa physionomie se voilait de mélancolie :

– Tu sais bien, *stèla,* que si je pouvais, je te la donnerais, la lune…

Pour me dédommager, il m'accablait alors d'une grêle de chiquenaudes sur les joues et de pincements sur mes cuisses nues, ce qui m'obligeait à me tortiller aux quatre coins du fauteuil moelleux, où mon équilibre était aussi précaire qu'il l'aurait été sur le dos d'une baleine.

Échauffé par la température excessive et sous l'effet des coups reçus, je ne savais plus où regarder. J'avais honte de le fixer dans les yeux, bien qu'il m'attirât vers lui; braquées de tout près sur moi, ses pupilles semblaient celles des cartes postales illustrées, composées d'un disque mobile surmonté d'une lentille de celluloïd. Je lançais vers mon père des implorations muettes mais il souriait distraitement, tout en feuilletant un des gros dossiers posés sur le secrétaire.

Très vite, je m'abandonnais. Dans la vague odeur de lavande dont monsieur Attila inondait ses moustaches et sa calvitie, je fondais sous la langueur de ses étreintes. Je suppose que depuis l'initiation lointaine des soins reçus quand j'étais bébé, bains et massages au talc boré dans tous les replis du corps, ces manipulations dénuées d'inhibition, qui éveillaient à fleur de peau des frissons voluptueux, furent pour moi les premières révélations de l'éros. Lorsque je m'y reporte avec la mémoire des sens, je me découvre désorienté, heureusement malheureux sous une pluie musicale de claques et d'attouchements.

Je m'alanguissais passivement dans cet état confus lorsque, tout à trac, monsieur Attila s'éloignait. Il relevait les poignets amidonnés, ornés de boutons de manchette en or massif, qui étaient sortis de ses manches pendant l'assaut et, d'un petit pas guindé, regagnait son secrétaire. Il caressait de la main l'épaule de son ami avant de monter sur son siège, redressant le buste tel un cavalier qui se met en selle. Puis, esquissant une grimace rapide des narines et des lèvres, censée lui restituer un maintien compassé, il se raclait légèrement la gorge. D'une froide petite voix de tête, il s'adressait à son avocat :

– Tu as vu ce guignol, Enea ? Qu'allons-nous en faire ? Il n'a respecté aucune des clauses auxquelles tu l'as fait souscrire, je dis bien aucune. Moi, comme tu sais, je lui botterais le train, mais pour quel résultat ? Donc, comme d'habitude, c'est toi le diplomate qui te charges de lui.

Sortant de la poche de son gilet une montre plate – il l'ouvrait parfois pour m'en montrer le boîtier parsemé de rubis –, il la remontait en secouant la tête et fronçait les sourcils si fort qu'ils se rejoignaient en un buisson continu.

Sans me comparer à une amante délaissée après un brusque accès de passion, je me sentais dans ces dispositions : les joues en feu, le cheveu hérissé, je m'enfouissais au plus profond du fauteuil et suçais consciencieusement un bonbon. Monsieur Attila m'avait mis knock-out ; lent, monotone, l'après-midi m'enroulait dans ses plis, tel un peignoir tiède.

Derrière les vitraux qui doublaient les vitres de chaque fenêtre, reprenant le motif de grenades, de sarments et de fleurs qui courait en haut des murs, l'ombre tombait comme une pluie de cendre, transpercée par le rose brouillé du réverbère qui s'était allumé dans la rue. Mon père était assis sur un siège bas, près du bureau, et mon regard se perdait entre les sculptures luisantes, dont les lions continuaient à rugir sans émettre de sons. J'imaginais dehors les chevaux attelés à leurs énormes fourgons et m'endormais presque, bercé par la cadence de leurs sabots sur le pavé. Une sonnerie insistante me ramenait à la réalité. La secrétaire, une grande bringue blonde, entrait, un calepin à la main. Dans l'état de transe où j'étais, elle me semblait venir de la rue, lointaine parente des puissants chevaux normands. Elle s'arrêtait à distance respectueuse de l'estrade dont émergeait le buste court de mon affectueux oppresseur, transformé du tout au tout, au point d'en perdre sa ressemblance avec l'infortuné Fortunello. Il exhalait en hurlements ses humeurs bilieuses :

– Appelez-moi immédiatement ce rigolo de comptable !

Ayant abandonné dans son bureau son aimable enjouement, le chef comptable faisait une entrée précipitée, une liasse de paperasses sous le bras, le Faber et son capuchon de métal glissé derrière l'oreille. Avant de s'approcher du téléphone, qui annonçait anxieusement la communication demandée, mon père me proposait d'aller rejoindre la secrétaire. En sortant, je croisais sur le pas de la porte le directeur de l'établissement, dont un pâle sourire chiffonnait le visage à lunettes. Embarrassé, j'évitais le regard des victimes probables, comme si, jouissant d'une faveur équivoque, je fuyais le navire devant la tempête qui s'annonçait.

Je retrouvais la grande bringue, dont la raie trahissait l'artifice de sa blondeur dorée. Elle m'adressait des petites phrases mièvres, toujours interrompues par une besogne urgente. À peine installée devant sa machine à écrire, elle devait s'en détourner pour faire taire ou pour stimuler les coassements exaspérants du standard (je l'imaginais comme une lointaine salle de torture où des âmes tourmentées étaient recluses) ou pour répondre dans un autre récepteur, doté d'un col fuselé de cygne, aux injonctions sèches du commendatore (qui voulait à tout prix avoir raison de ces âmes). Une trouble puanteur de papier carbone, de gomme et d'aisselles suantes stagnait dans la petite pièce. Progressant à reculons et sans hâte, pour ne pas laisser soupçonner ma répugnance, je cherchais refuge dans la salle des échantillons.

Tous les murs étaient garnis de panneaux de molleton gris tourterelle, encadrés de pitchpin et portant des rectangles de tissus, d'épaisseur et de couleur différentes. Les mannequins étaient rassemblés au milieu, dans trois vitrines hautes et larges, semblables à celles qui abritaient les squelettes d'animaux préhistoriques du musée d'Histoire naturelle. Sous la lumière avare – je n'osais actionner le gros pommeau d'acier ouvragé de l'interrupteur réservé aux visites de la clientèle – et ainsi vêtus de lourdes armures, ils paraissaient au visiteur que j'étais, tout imprégné du faste médiéval du bureau du patron, des paladins des *Reali di Francia*[1] ou, plus proches dans le temps, les scaphandriers des illustrations dans les ouvrages de Jules Verne. Tous étaient engoncés dans des combinaisons ou des manteaux immenses, à épaulière et capuchon, parsemés de gros œillets de métal dans le dos et sur les épaules ; de larges casques ou des capuchons de toile cirée serraient les têtes sans visage. Ces épouvantails plastronnant représentaient simplement des agents de police, des pompiers et des marins, équipés et protégés pour affronter en toute sécurité les éléments déchaînés.

Parfois, quand j'avais une indigestion ou de la fièvre, ces personnages grotesquement masqués faisaient irruption dans mes cauchemars. Chaussés de gigantesques cuissardes, ils pataugeaient dans les rues d'une ville inondée, et moi, tenaillé par l'angoisse, je finissais par me perdre dans ses souterrains où des courants grondants s'affrontaient. Si j'avais rencontré la grande

1. Roman chevaleresque populaire sur Charlemagne, sa famille et son époque, par Andrea da Barberino (XIVe siècle).

bringue, en dépit de mon odorat délicat, elle me serait apparue comme un lumineux archange. À présent, tandis que j'errais entre les vitrines pareilles aux couloirs d'un aquarium mystérieux, la sonnerie de son patron la réclamait. Aux lourds effluves du tablier de satin noir qui la suivaient comme un sillage, je m'apercevais qu'elle passait près de moi. Je m'éloignais dans la cour où l'on chargeait et déchargeait les fourgons. Les chevaux plongeaient dans l'ouverture de sacs d'avoine leur museau camouflé par des œillères graisseuses. Ils avaient l'air de mannequins à quatre jambes, et aveugles.

Un escalier menait aux ateliers. Dans le premier s'étirait une enfilade de machines à coudre, plus grandes et plus compliquées que celle de la maison : les ouvrières faisaient passer des bandes de tissu sous de grosses aiguilles tressautantes, semblables à des serres d'oiseaux de proie. Plus loin, devant des tables de bois sombre et luisant, les tailleurs manœuvraient de grandes cisailles aux anneaux écartés. Saisi par les gestes et les bruits soumis à des rythmes monotones, je restais planté là, étourdi. Jusqu'à l'arrivée du chef magasinier, un géant aux cheveux en brosse, doté d'une verrue au coin de la bouche ; il m'administrait une tape dans le dos et m'accompagnait au magasin, divisé en plusieurs nefs, comme une église.

Là, l'odeur de caoutchouc et de goudron devenait pratiquement irrespirable ; néanmoins, je parvenais à l'oublier, fasciné par l'impression d'efficacité et d'abondance qui émanait des immenses rayonnages où, dans un ordre militaire, s'amoncelaient des piles de pièces, des balles marquées de timbres grossiers, tels des sacs de café, et les caissons de casques et de bottes.

Au retour, quand mon père était encore dans le bureau de monsieur Attila, je m'arrêtais dans l'antichambre pour feuilleter les catalogues qui reproduisaient les silhouettes des mannequins, auxquels ils attribuaient souvent un visage renfrogné ou nanti d'une barbe autoritaire, comme il convient aux personnages éminemment providentiels. Accrochés à leur échelle mobile, les pompiers dans leur combinaison d'amiante éteignaient des incendies; des marins, engoncés dans leurs cuissardes de caoutchouc, se penchaient au bordé d'un remorqueur soulevé par des rouleaux de mer; un facteur pédalait sur sa bicyclette, nullement gêné par un long imperméable dont le capuchon dissimulait le front et le menton. Ainsi que l'attestaient les certificats suspendus aux murs, signés de généraux ou de ministres, et les diplômes aux médailles illustrées de femmes aux seins généreux qui soutenaient des roues, des ancres et des engrenages, obtenus aux expositions internationales de Bruxelles, Leipzig et Paris, la Sironi & Cie fournissait avec un dévouement fervent les entreprises publiques et les forces armées. Chargée de senteurs plus lourdes, l'ambiance que je respirais ici était celle-là même qui circulait, légère, autour de mes fantasmes : la gloire militaire s'avérait l'auréole finale d'une société industrieuse. De même, sur les places des villages où nous passions nos vacances, dans le bronze ou le marbre des monuments aux morts, aux silhouettes hardies des bersagliers et des chasseurs alpins se mêlaient, dans une danse nullement macabre à mes yeux, de séduisantes Junons ; elles soutenaient flambeaux, boucliers et des symboles semblables à ceux qui ornaient les médailles et les diplômes.

Un grincement déchirait mes méditations. Mon père passait la tête par la porte :

– Viens dire au revoir.

J'entrais dans le bureau, encore étourdi par ces illustrations évocatrices. Debout sous le lustre de fer forgé, dont les ampoules torsadées pour imiter des flammes faisaient luire sa calvitie, monsieur Attila me lorgnait ; son enthousiasme premier avait disparu.

– Mon étoile, disait-il, en me saisissant par l'oreille.

Puis, en guise d'étreinte, il secouait les coudes de mon père que sa petite taille lui permettait d'atteindre et, tourné vers moi, s'exclamait :

– Sais-tu bien qui est ton père ? Sais-tu qu'il a une tête grosse comme ça ?

Il ouvrait les mains, écartait tout grand les bras puis, gémissant, se frappait le front de son poing fermé :

– Celle-là, au contraire, est toute petiote. Tu ne le racontes à personne, hein ?

Il passait l'index entre ses moustaches pour se toucher le bout du nez.

La tendre et puérile liturgie dura des années, alors même que j'étais déjà un garçonnet : « En v'là un p'tit homme ! », s'extasiait monsieur Attila lorsqu'il me voyait apparaître, une exclamation revue et mise à jour en fonction de mon âge et, à un moindre degré, du sien, car pour lui le temps semblait s'être arrêté. En fait, pendant mon enfance et le début de mon adolescence, les visites à la Sironi & Cie – j'appris que le mystérieux Cie représentait le commendatore sous un nom d'emprunt – projetaient sur mon âme une chaleur confortable. Chaque fois que je me la rappelle, la salle pseudo-médiévale avec son damas rouge et ses cuirs de Cordoue – un décor de *Una partita a scacchi*[1] ou de *La cena delle beffe*[2] – se présente à moi comme l'entrée familière d'un four qui flambe au cœur d'hivers glacials, derrière les flocons de neige ou la pluie qui s'abattent sur le quartier aux façades basses et maussades. Je me le suis cent fois demandé : mais non, rien n'est exagéré dans le

1. Opéra de Pietro Abbà Cornaglia sur un livret de Giuseppe Giacosa (1847-1906).

2. Opéra d'Umberto Giordano sur un livret de Sem Benelli (1877-1949).

souvenir que je garde de monsieur Attila, histrion frénétique, et du fluide comico-magnétique qu'il faisait palpiter au cœur de notre trio : avant tout, il savait se moquer de lui-même. Lui avec ses sarabandes et les exclamations en petit nègre milanais qu'il me réservait ; moi, avec ma vanité et mon désir insatiable de me faire dorloter ; mon père, sur la réserve, nous observant avec une douce ironie, la tête penchée de côté. Chaque fois que nous nous rencontrions, l'admiration que, malgré la longue habitude ou justement à cause d'elle, monsieur Attila continuait à lui manifester – chez nous, la puissance et la richesse du commendatore rayonnaient comme une contrée du mythique Eldorado – m'embrouillait l'esprit si bien que j'en étais réduit à une complaisance doucereuse, dénuée de tout sens critique.

– Quelle grosse tête ! s'exclamait-il en s'éloignant de mon père afin de mieux le contempler. Et toi, *stèla,* qu'en dis-tu ? poursuivait-il douloureusement en se tournant vers moi, la main sur la poitrine. Parce qu'il a aussi du cœur, n'est-ce pas ?

À ces mots, je rougissais. Monsieur Attila s'approchait pour me pincer les joues ou me secouer la tête, les doigts croisés derrière ma nuque.

– Tu deviendras comme lui, *belessa !*

Il poursuivait l'escalade de ses aigus triomphants, conscient que mon père ne pouvait rester insensible à ces démonstrations d'affection envers son plus jeune fils, orphelin de mère, même s'il sentait qu'il forçait un peu trop la note théâtrale, si contraire à la discrétion et l'intégrité de mon père.

Parfois le solitaire que mon admirateur portait à l'annulaire me blessait la joue mais je n'en sortais pas moins de ces rencontres toujours satisfait de mon butin : les chocolats et bonbons, les crayons que j'obligeais le chef-comptable à m'offrir, les échantillons de tissus glanés dans le magasin, les blocs de cartes publicitaires représentant les scaphandriers automates que je découpais à la maison pour les enrôler dans une armée prête à d'extravagantes expéditions. Il y a tout lieu de croire que mon militarisme infantile et plein de fantaisie n'était qu'un reflet de celui, très concret, de la Sironi & Cie. Bien que monsieur Attila figurât lui aussi en uniforme de simple soldat sur la vieille photo, son service dans l'armée n'avait guère duré, cependant que la Grande Guerre avait déversé dans ses coffres une fortune durable. Beaucoup plus tard, j'imaginai irrévérencieusement que le sourire, qui soulevait ses moustaches comme les ailes d'une mouette prête à l'envol, était une allusion à cette fortune pressentie.

Sous bien des rapports, l'histoire de la Sironi & Cie ressemblait à celle de plusieurs industries italiennes. Dès l'âge de dix ans, monsieur Attila travaillait comme garçon de courses ; il escalada les échelons jusqu'au poste de commis voyageur, décroché avant son vingtième anniversaire, toujours dans la filiale milanaise d'une usine de Stuttgart, spécialisée dans la fabrication d'uniformes pour pompiers et de tissus imperméables. Lorsque les hostilités éclatèrent avec l'Allemagne, monsieur Attila, alors directeur des ventes, fut nommé séquestre de l'usine confisquée pour le compte du gouvernement, qui avait un besoin urgent d'équipements pour protéger les soldats des intempéries, dans les tranchées. De ce tremplin originel, l'entreprenant commendatore, avide de titres chevaleresques, s'était évertué à planter les fondations de « son » entreprise, qui devint rapidement la plus importante dans ce secteur.

Partie de la cour abritée d'une verrière d'un immeuble croulant de la via Poslaghetto, la Sironi & Cie s'était progressivement métamorphosée en l'usine qu'occupait aujourd'hui l'établissement que je fréquentais, plus imposant encore dans la perspective à vol d'oiseau de la gravure lithographique qui figurait en tête du papier à lettres et des factures. Ce vaste espace étant insuffisant pour toutes les activités, une part du travail était confiée pendant les périodes de pointe à des artisans disséminés en province. Après le marasme inévitable de l'après-guerre, le fascisme et ses ambitions impériales, joints à l'activité volcanique du propriétaire, firent tant et si bien que les carnets de commandes ne désemplirent pas.

On peut supposer à juste titre que monsieur Attila, dont le comportement humain et généreux galvanisait ses subordonnés, qui ne renâclaient sûrement pas quand le travail pressait, ne répandait pas son fluide magnétique au seul bénéfice des enfants de ses amis. Il était doté d'une aptitude extraordinaire à nouer des relations, accorder des faveurs et se rendre indispensable, surtout dans les ministères et les hautes sphères militaires, autrement dit à Rome, où il se rendait sans cesse, me racontait mon père. Lui-même, qui ne s'éloignait jamais volontiers de la maison et n'aimait pas ces milieux, était parfois obligé de le suivre. Ils descendaient à l'hôtel de Russie, un palais crépi de rouge pompéien, à l'angle de la piazza del Popolo et de la via del Babuino, dont la cour à colonnes était ombragée de palmiers que j'admirais sur les cartes postales qu'ils m'adressaient de concert.

Malgré quelques déboires, j'étais entré au lycée et n'accompagnais plus mon père en visite chez ses clients. L'omnibus blanc et froufroutant du cimetière Monumental avait été remplacé par un autobus vert plus moderne. D'ailleurs, nous avions quitté les abords de San Babila pour emménager dans une maison neuve près de la porta Vittoria. Néanmoins, une fois par an, j'accompagnais mon père pour saluer notre vieil ami, qui exprimait le désir de se rendre compte de visu de combien de centimètres je le dépassais à présent.

Entre-temps, il avait été nommé grand officier. Lui qui n'avait pas le moindre certificat (la majorité des nouveaux industriels étaient *dottori* ou munis au moins d'un diplôme) et rappelait volontiers avoir sillonné la ville à bicyclette pour distribuer des plis, ne résistait pas à la fascination des honneurs. Le bruit courait qu'après la conquête de l'Abyssinie il serait nommé chevalier du Travail. Et quelques mots d'esprit échappés à mon père m'avaient appris que le commendatore se préparait à vêtir, pendant la saison des pluies, la moitié de l'Afrique de ses imperméables de coupe militaire que nous, les garçons, détestions. Puisqu'on nous les donnait, il fallait bien les porter, mais nous préférions généralement nous faire doucher. Trop larges, couleur tabac ou d'un vert lézard répugnant, ils ignoraient délibérément les impératifs de la mode. De plus, comme ils étaient soigneusement caoutchoutés, nous y transpirions comme dans un bain turc, en dépit des œillets de métal abondamment disséminés aux endroits critiques.

Malgré d'affectueux reproches à propos de mes visites trop rares à son goût, monsieur Attila m'accueillait avec un enthousiasme constant. Après les claques de rigueur et un pinçon familier, il me mettait à côté de lui pour voir de combien je le dépassais. De cette position, j'avais vue sur sa calvitie intégrale, rose comme le postérieur d'un nouveau-né. Puis il s'informait de mes études, d'un ton de considération admirative un peu affecté, comme si *« sa stèla »* ne pouvait qu'être le premier de sa classe – « Avec notre *intelligensa,* hein ? » – alors qu'en réalité je piétinais parmi les derniers. Je niais avec résolution les succès qui m'étaient attribués mais monsieur Attila n'en tenait aucun compte. Certainement mis au courant par mon père, il faisait semblant, par intimidation moralisante, de mettre mes protestations au compte de ma modestie que, par malice et pour me faire rougir, il comparait à celle très authentique de mon père.

Entre-temps, mon amour fanatique pour la gloire et les uniformes militaires s'était évanoui. À présent que nous étions en guerre pour de bon, j'étais devenu pacifiste, soit que l'ironie paternelle ait eu raison à la longue de mes convictions, soit par aversion pour la propagande outrancière dont nous étions inondés au lycée, où l'on nous infligeait de surcroît des sujets de dissertation apologétiques qui ne nous inspiraient que du dégoût et nous incitaient à feindre. On imagine ainsi la gêne que j'éprouvai à voir, substitués à ceux de Diaz et de Thaon di Revel, les portraits de Mussolini coiffé d'un fez empanaché, et du petit maréchal De Bono sous son casque de liège, pareil à un nain barbu, déguisé en champignon.

Mon oncle, qui approchait de la cinquantaine, était commandant de réserve ; il fut rappelé pour prendre part à la conquête de l'Empire. Ce fait pesa très lourd sur la conscience de mon père ; il ne pouvait oublier que la carrière militaire de son frère était due au fait qu'il avait pris sa place pour le service armé. Le soir, quand il rentrait, il n'avait plus le sourire. Ce frère plus jeune, de santé délicate et auquel le liait une solide affection, il l'imaginait mort ou blessé, ou encore frappé de quelque étrange maladie tropicale. Dans ces circonstances, il appartint à monsieur Attila de se mettre en quatre pour sauver la famille de ce qu'elle voyait comme une catastrophe, portant un coup décisif à la légende martiale dont j'avais tant rêvé pendant mon enfance. Il se battit vaillamment lors de ses voyages à Rome – mon père le conduisait après le dîner à son wagon-lit – où il comptait des connaissances nombreuses et haut placées. Depuis des années, il leur faisait l'hommage, non pas d'imperméables comme à nous, les enfants, mais de caisses de Champagne, de plateaux d'argent, de stylos en or et, peut-être, de pots-de-vin substantiels. Notre oncle fut libéré avant même d'avoir atteint son port d'embarquement.

En voyant le sourire revenu sur les lèvres de mon père – il avait traversé une crise d'abattement qui entama sa santé – j'éprouvai moi aussi de la reconnaissance à l'égard de monsieur Attila. Je commençais à interpréter avec lucidité les événements qui se passaient autour de moi ; néanmoins, dans mon esprit, cette preuve tangible d'amitié le fit remonter sur son petit trône, dont je l'avais personnellement mis à bas lorsque j'avais appris avec quelle insistance il cherchait à convaincre mon père d'adhérer au Fascio. Les inscriptions avaient été rouvertes à l'intention de ceux qui auraient regretté leur indifférence ou leur aversion première. À cette époque, on ne pouvait parler de véritable opposition, à de rares exceptions près, que la majorité des bien-pensants considérait comme une lubie commune à quelques originaux.

Les années passées s'étendaient derrière moi comme de longs couloirs; sur leurs murs, les mythes en lesquels j'avais cru figuraient sous forme de fresques, destinées à s'estomper peu à peu. Elles s'évanouirent tout à coup: après une pénible maladie, mon père mourut. Monsieur Attila pleura lors de ses funérailles; le corps fragile et fluet tout recroquevillé, il avait l'air d'un enfant abandonné, seul au monde. Lorsqu'il m'embrassa en silence, j'éprouvai la crainte absurde qu'il ne me saisît la tête entre les mains pour m'administrer quelques-unes de ses claques. Bouleversé comme je l'étais, je fus pris de vertige. Puis, comme d'habitude, mes joues devinrent brûlantes. Peut-être avais-je inconsciemment désiré ces gifles, comme un ultime message concret de notre amitié à tous trois.

J'aurais préféré que les fresques pâlissent plus lentement. La réalité brutale fit que je me crus un homme, tout à coup. Derrière moi, tous les couloirs se refermaient en même temps. Je voyais les lieux parcourus avec mon père, je voyais ses amis, monsieur Attila le premier, par l'extrémité d'une longue-vue tenue à l'envers : scénarios exsangues et silhouettes minuscules que je pouvais à peine discerner. Je me sentais raide, j'avais l'impression qu'une cuirasse s'était développée autour de mon âme.

Cette dureté n'avait pas pour seule origine la rencontre inopinée avec la mort. Elle s'était aussi forgée face aux événements. À ce moment, la guerre d'Espagne éclata. Pour ma génération, la rupture fut décisive. Jusque-là, le fascisme était apparu comme un spectacle sinistre mais surtout ridicule, que l'on pouvait tolérer dans l'espoir d'une fin rapide. Une sorte d'opérette, comme *l'Auberge du cheval blanc* qui faisait fureur : au lieu de blondes jambes viennoises, le ballet fasciste faisait virevolter les bottes et les fez de miliciens. Un jour ou l'autre, nous nous en emparerions pour en changer la musique et la mise en scène. Nous n'écoutions pas nos aînés qui l'avaient vu naître, obtus et violent ; nous les prenions pour des ratés. Mais la guerre d'Espagne creva les illusions. Le monde qui déclinait derrière moi m'apparut comme un trompe-l'œil complice. Désormais, il fallait regarder résolument vers l'avant.

Les massacres perpétrés par les phalangistes, l'assassinat de Garcia Lorca, mon premier voyage à Paris où je m'étais grisé de la lecture des journaux de l'émigration, m'ouvrirent les yeux sur la tragédie du peuple espagnol. À mon retour, je me rapprochai des amis de mon frère aîné. Ils fréquentaient le cabinet paternel, où Giorgio était entré dès qu'il avait décroché sa licence. J'y passais tout le temps libre laissé par le lycée, écoutant mes nouveaux compagnons qui recueillaient des fonds pour Solidaridad obrera[1]. Les plus âgés et les plus courageux faisaient davantage mais je ne le sus que plus tard car j'étais encore trop puéril et trop entiché de littérature pour qu'ils m'accordent leur confiance. Certains amis de Giorgio furent arrêtés et traduits devant le Tribunal spécial, présidé par un professeur de musique, consul de la Milice, qui les condamna à dix ans de prison.

Lors des arrestations, la police fit irruption dans le cabinet et fouilla aussi notre appartement, à la recherche de documents compromettants et d'une presse clandestine. L'idée que des camarades seraient privés de liberté pendant les meilleures années de leur vie (quand je sortais avec une amie, j'avais parfois des remords en pensant à eux) entretenait notre rage. Bien que

1. Solidaridad obrera: mouvement de soutien aux républicains espagnols, lancé par les syndicats socialistes lors de la guerre civile en 1936.

nous n'ayons pas subi le même sort que les autres, mon frère et moi étions fichés. J'en éprouvais une vanité risible, de même origine sans doute que celle qui nourrissait, il n'y avait pas si longtemps, mes rêves de gloire extravagants.

À présent que ma sœur Lina et Giorgio étaient mariés, nous vivions à trois dans l'appartement du quatrième étage, au-dessus du cabinet: mammina, son fils, mon jeune frère, et moi. Trois ou quatre fois l'an, monsieur Attila rendait visite à mammina. Ils parlaient de la bonté et de la sagesse de mon père, de tel ou tel épisode qui en témoignait et du vide que sa disparition avait entraîné pour eux. La douleur de mammina, jeune encore, trouvait un soulagement dans ces échanges. Bien entendu, la rumeur des arrestations s'était propagée. Monsieur Attila estima opportun d'ébaucher un sermon, censé m'atteindre à travers mammina. C'était pure folie de m'occuper de politique et de fréquenter des « éléments subversifs ». La politique était l'affaire des gens qui siégeaient au gouvernement et qui s'y entendaient sûrement mieux qu'une bande « d'intellectuelloïdes ». Je devais obtenir mes diplômes en vitesse et me préparer à une « belle carrière » dans la profession de mon choix: si son ami était encore vivant (« Avec son *intelligensa* », ricanai-je in petto, avec amertume), il dirait la même chose.

Dans le cadre de préoccupations paternelles bien compréhensibles, un tel sermon pouvait sembler justifié ; néanmoins je me cabrai. Avec ses fournitures militaires, le portrait de Mussolini derrière son secrétaire et ses relations romaines, monsieur Attila, sans être un fasciste viscéral, me semblait impliqué dans les responsabilités du régime. Je répondis à mammina que les imperméables de la Sironi & Cie, si ridicules, et si peu martiaux, ajoutai-je, pour vider à fond le sac des vieux ressentiments, n'avaient pas sauvé les chemises noires de la défaite à Guadalajara[1]. Quant à mon père, s'il ne s'était jamais livré à une opposition active, il avait refusé de s'inscrire au Fascio.

De temps en temps, alors que je ne le voyais plus, il arrivait qu'une nouvelle ou une image vînt raviver le souvenir de l'amitié, qui avait été une des amarres de mon enfance, et la nostalgie me serrait la gorge. Mais cet attendrissement adolescent m'irritait, eu égard à la rudesse des temps. L'émotion facile se révélait un alibi, le privilège d'un garçon élevé dans du coton, une autre caractéristique qui trahissait mon appartenance à la « bourgeoisie abhorrée ». Par réaction, je chargeais les épaules maigrelettes de monsieur Attila de toutes les misères de notre classe dirigeante, craintive et improvisée. J'en faisais un monstre d'opportunisme, capable de ternir un instant le personnage de mon père, si longtemps proche de lui.

---

1. En Espagne, pendant la guerre civile.

Lorsque je passais par la via della Passione, devant l'opulent palais ouvert sur un hall de marbre qu'il habitait, le visage doux et effacé de sa femme me venait à l'esprit. Une vieille dame très fragile comparée à son époux qui produisait infailliblement sur ceux qui l'approchaient l'impression d'une pile chargée de vitalité. Tout Milan savait qu'elle vivait cloîtrée chez elle et souffrait de dépression nerveuse ; des allusions prononcées devant moi m'avaient appris récemment que son mari s'était accordé de tendres distractions.

Ses talents de séducteur ne s'exerçaient donc pas seulement auprès des enfants de ses amis et des gros bonnets des ministères. Dès lors, mon imagination avait affaire à un monsieur Attila quelque peu différent. Qui n'était plus Fortunello et pas davantage un spirituel sergent de pochade, mais un capitaliste caricatural à la Grosz (sans le ventre rond, le col cassé ni le haut-de-forme), au bras d'une dame blonde en fourrure qui marchait en roulant des hanches : qui sait s'il n'avait pas cueilli la fleur de la grande bringue aux cheveux dorés et aux aisselles odorantes ? J'oubliais rapidement monsieur Attila pour m'attarder aux images galantes du harem que je lui enviais, dans ma solitude d'adolescent timide et sauvage, plus enclin à mesurer toute chose à l'aune de valeurs abstraites qu'à jouir de sa jeunesse. À propos de la classe « abhorrée », par exemple, je ne me rendais pas compte que, si les masses applaudissaient sur les places publiques, les fils de bourgeois étaient majoritaires dans les prisons et en relégation. Même s'il s'agissait d'une bourgeoisie différente de celle qui s'était enrichie au cours des différentes guerres.

Au cours des moments éphémères où il vivait encore en moi, notre ami était dorénavant toujours déformé, tantôt agrandi, tantôt diminué, images exagérées dont je ne pouvais certifier l'authenticité. Ne l'ayant pas rencontré depuis un certain temps, j'en avais fait l'archétype de la pire bourgeoisie et commençais à mériter des claques bien réelles au lieu de caresses déguisées. D'après mammina, émue par la fidélité de son souvenir et touchée par ses attentions – il lui offrait des fleurs, des marrons glacés et des violettes candies qu'elle adorait –, le commendatore n'avait absolument pas vieilli et débordait de projets. Il avait été nommé dernièrement chevalier du Travail. En guise de remerciement, il s'était empressé de faire don d'un terrain à l'Opera Nazionale Balilla[1]. Pour l'instant il restaurait à ses frais une tour ancienne, autrefois propriété des Savoie. J'émis aigrement mon opinion : il visait le titre de comte.

1. Organisation fasciste de la jeunesse italienne, sous une forme paramilitaire.

S'il aspirait vraiment à un titre nobiliaire, il manqua son but. L'échec ne lui en est pas imputable mais tient aux événements. Dans une perspective plus vaste, mon jugement s'avéra cependant prophétique. Plus tard, je m'en vantai auprès de mammina, sans me sentir pour autant satisfait d'avoir eu raison. Les mythes de l'enfance sont incroyablement durs à ravaler.

En juillet 38, sans préavis, les quotidiens annoncèrent en gros caractères qu'un symposium de « savants », présidé par un endocrinologue réputé, le sénateur Pende, avait déclaré que les Juifs étaient un corps étranger à la communauté nationale. Ce fut la seule fois, je crois, que les fascistes recoururent à un alibi scientifique, habitués qu'ils étaient à se satisfaire de déchets mystiques ou littéraires. Le gouvernement s'était vu contraint de prendre des mesures pour que le corps étranger cesse de nuire. Einstein et Modigliani furent bannis ; sur les plaques des rues, les noms de *squadristi*[1] querelleurs décédés remplacèrent ceux de Spinoza, de Luzzatti et de Sonnino. Interdiction fut faite aux Juifs d'exercer une profession libérale et d'enseigner dans les écoles et les universités. En somme, ils furent éliminés de la vie publique. Quant à moi, je fus expulsé de deux ou trois associations, dont peut-être aussi le Touring

1. Membres de groupes armés fascistes avant la conquête du pouvoir par Mussolini.

Club italien, où mon grand-père, qui croyait à la fraternisation des peuples par le biais de la connaissance réciproque, m'avait inscrit comme membre à vie lorsque j'avais treize ans. En effet, je n'étais pas seulement prophète mais aussi juif, bien que dans notre famille restreinte personne n'ait jamais fait grand cas de cette appartenance, à l'exception de mon père et des personnes âgées. La loi qui fut ensuite promulguée interdit aux Juifs les mariages avec des catholiques, pour éviter la corruption de la race. La jeune fille dont j'étais épris était catholique. Nous nous épousâmes avant que l'interdiction n'entre en vigueur : nous avions quarante ans à nous deux.

Monsieur Attila s'abstint d'assister à notre mariage, qui eut lieu chez les parents de ma femme et auquel nous l'avions invité. Il n'envoya pas de cadeau, alors qu'il en avait fait de somptueux à Lina et à Giorgio. Je refusai d'admettre qu'il s'agît d'un oubli ; mammina, qui l'avait perdu de vue depuis quelques mois, l'assurait pourtant avec insistance et un léger tremblement dans la voix. Et comment donc ! Il avait toujours été très à cheval sur les convenances sociales. Du reste nous autres Juifs étions devenus très susceptibles depuis un certain temps ; on ne pouvait nous le reprocher.

Sur l'écran tourmenté de ces années, les événements des guerres, grandes et petites, se succédaient au rythme endiablé des films comiques de Buster Keaton ou de Charlot. À cela près que les batailles de tartes à la crème et autres gags s'effaçaient devant les défilés au pas de l'oie, les discours enragés et les autodafés de livres. Après l'Abyssinie, l'Espagne, l'Anschluss, Munich et la prétendue « non-belligérance », l'Italie entra dans le conflit au côté d'Hitler. On ordonna à mammina, dont la santé restait fragile, de licencier sa domestique qui refusait de l'abandonner, puis de quitter sans délai Tremezzo, sur le lac de Côme, où elle s'était réfugiée pendant les bombardements. On estimait inopportun que les visages abattus des persécutés assombrissent la joie de vivre des hiérarques et des nouveaux riches dans les lieux de villégiature. Négligeables, comparées à ce que la rumeur murmurait à propos des camps de concentration nazis, bien que l'on ignorât encore la vérité, ces vexations étaient néanmoins odieuses pour ceux qui les subissaient. Nous, les jeunes, étions préoccupés par des problèmes plus généraux et plus urgents ; mammina ressentait avec une pénible acuité le fait d'être sans protection.

Personnellement, à part un passeport pour partir, j'aurais évité toute requête. Mais la tranquillité de mammina étant enjeu, demander me parut un devoir. Tous les préfets et les fonctionnaires de police, dont la carrière avait débuté à l'époque de Giolitti[1], n'avaient pas encore atteint l'âge de la

1. Giovanni Giolitti (1842-1928), plusieurs fois ministre et président du Conseil de 1889 à 1921.

retraite, et tous les autres n'étaient pas fascistes jusqu'à la moelle. On pouvait espérer trouver quelqu'un qui fermerait les yeux. Je songeai à me rendre chez monsieur Attila, qui connaissait toujours la personne adéquate au poste approprié; après tout, s'il n'était pas venu à mon mariage, il avait été témoin à celui de mammina.

Aussitôt après que la nouvelle secrétaire m'eut annoncé, je fus introduit et mon embarras céda la place à la vieille timidité qui m'assaillit en le voyant venir vers moi de son air joyeux, les mains tendues pour m'agripper la nuque, alors que je le dépassais d'une bonne tête. Tandis que je restais planté là, hésitant, soudain hissé sur la pointe des pieds, il réussit, Dieu sait comment, à me flanquer deux de ses gifles. Je commençais à me reprocher les méchancetés que j'avais ruminées. Cependant, lui s'était assis à son secrétaire qui, naturellement, me parut moins monumental. Beaucoup plus qu'à des lions, les gueules sculptées dans le bois ressemblaient à d'inoffensifs petits chiens étendus sur les genoux de leur maître. Il me demanda comment j'allais, ce que je faisais. Je me débrouillais, répondis-je. Mon désir d'enseigner ayant été condamné par les lois raciales, j'avais ouvert une librairie au nom de ma femme.

Son visage, qui s'était figé dans un réseau serré de rides lorsque j'avais prononcé l'expression « lois raciales », redevint lisse dès que j'eus mentionné ma femme.

– Ah oui, ta femme ! Comme le temps passe. Elle est charmante, une vraie étoile. Encore plus belle que toi !

Je me demandais s'il avait deviné mes ressentiments tandis qu'il poursuivait :

– Tiens-la bien, hein ? Tu as de la chance. À l'église, elle avait l'air d'une sacrée jolie poupée dans sa belle robe blanche !

Il me fixait de ses yeux bleu clair un peu délavé, comme pour me défier. Il n'avait jamais vu ma femme et nous ne nous étions même pas mariés à l'église. Mes idées se bousculaient : peut-être ne mentait-il pas avec la conscience de mentir ? Lui-même digérait les couleuvres sans qu'elles lui pèsent le moins du monde sur l'estomac. Peut-être avait-il recouru distraitement à une formule de son jargon de « relations publiques », malheureusement non pertinente ? Je serrai les mâchoires : après tout, qu'importait la vérité ? J'étais venu dans un but précis. Je lui expliquai la situation : c'était un chagrin pour mammina de se séparer de Rosa, qui vivait auprès d'elle depuis dix ans ; par ailleurs, elle se sentait humiliée d'avoir à quitter sans délai Tremezzo, où elle avait loué une maison tranquille et vivait entourée de gens compréhensifs. Pendant que je lui parlais, monsieur Attila lissait ses moustaches entre ses pouces étendus, tout en acquiesçant gravement. Quand j'eus fini, il posa les coudes sur son secrétaire, serrant sa petite tête entre les mains. Lorsqu'il la releva, il battait des paupières dont je vis s'écouler deux larmes minuscules.

– Je sais, je sais, pauvre femme ! murmura-t-il. Ton père a bien fait de s'en aller...

Je pensai qu'il allait ajouter : « Avec son *intelligensa* » mais le regrettai aussitôt. D'autant plus qu'il tomba dans un silence soudain et descendit de son siège avec une prudence inhabituelle. J'observai ses souliers noirs : il portait une pointure garçonnet. Sans me regarder, il se mit à arpenter le court espace qui me séparait du secrétaire.

– Vois-tu, reprit-il, après trois ou quatre demi-tours en étirant ses narines au-dessus de ses moustaches, ce que toi et moi on peut penser n'a aucune importance ! Penser là au fond, tu comprends, précisa-t-il, en se frappant la poitrine.

Puis il fronça sévèrement les sourcils :

– Qu'est-ce qu'on est, toi et moi ? fit-il en rejetant le buste en arrière.

Embarrassé, je me sentais en équilibre instable entre l'abandon à l'émotion niaise que je percevais, fantôme du passé venu me surprendre dans le dos, et l'ironie pleine d'amertume qui m'envahissait comme une défense et me faisait l'effet d'une giclée d'eau de Seltz et me brûlait les joues. Monsieur Attila n'était pas cultivé mais, grâce à sa mémoire – telle la cire, elle conservait toutes les empreintes –, il aurait été capable de citer l'Ecclésiaste ou le *Pulvis et umbra* d'Horace dans une version dialectale. Sur le mur, dans un des cadres d'argent, c'était Marie-José[1] qui souriait à présent, sous un grand chapeau cloche, des roses plein les mains, ses longs gants étirés jusqu'aux coudes. Soudain, l'idée me traversa l'esprit qu'en ces temps difficiles monsieur Attila s'efforçait de deviner d'où venait le vent. Comme les marins, il dressait le nez et levait un doigt humide de salive. Peut-être n'était-il pas encore parvenu à saisir la bonne direction. Après un silence altéré par le crissement de ses petits pas pensifs, il se planta devant moi, en se balançant légèrement sur les jambes, et ses narines se mirent à frémir comme les ouïes d'un poisson hors de l'eau :

– Il faut, commença-t-il, il faut avoir confiance : Il sait ce qu'il fait.

Relevant le front, il désigna de la main le plafond à caissons. La majuscule évidente de ce « Il » me désarçonna : se référait-il au Seigneur ? Tout à coup, ma bévue me sauta aux yeux :

– Parce que le Duce a une tête grosse comme ça ! s'exclama-t-il en écartant les bras à se les déboîter. Crois-moi, mon étoile, il le faut : une tête grosse comme ça !

Il baissa le ton :

– Je sais, je sais ce que tu penses, toi ! Mais toi et moi, on n'y comprend bougrement rien. Tout ce qu'on sait faire, c'est s'émouvoir sur la mammina.

1. Marie-José, princesse de Belgique, épouse en 1930 Humbert de Savoie, dernier roi d'Italie.

Je l'aime fort, elle le sait. Mais tu le lui redis quand même, hein ?

Il lança quelques coups de pied sur le tapis.

– Il a de bonnes raisons, Lui, tu comprends. La politique, c'est la politique. Nous, on doit se mettre au garde-à-vous, même si on n'est pas d'accord sur des broutilles, des détails, quoi. Ça peut arriver, non ? N'oublie pas qu'on est en guerre. Tous ces Italiens qui combattent et qui meurent... Tu te sentirais d'attaque pour aller à Rome voir le ministre et lui dire : « Il y a une dame, une vraie dame, entendons-nous, qui voudrait bien habiter tranquille à Tremezzo, avec sa vieille femme de chambre si dévouée... »

Ce disant, il remonta sur son trône et leva la main vers le ciel, les doigts tendus, pour indiquer la juste voie, celle qu'il était heureux d'avoir trouvée et qui lui paraissait totalement convaincante. Le sang afflua à mon visage. J'avais commis une gaffe magistrale, je m'en rendais compte en observant sa mimique et ses arguments, écrasé de honte comme dans un cauchemar. De quoi avais-je honte ? Je ne le sais pas exactement : de moi, très probablement, de lui, du monde où nous étions contraints de vivre. Il ajouta – je n'écoutais plus vraiment – qu'il était toujours à notre disposition (je crus qu'il m'offrait de l'argent), exception faite pour ce que j'étais venu lui demander, même s'il considérait que j'avais bien fait de m'adresser à un vieil ami comme lui.

– On est en guerre, tu ne te rends pas compte. Tu dis mille choses de ma part à la mammina, *belessa.* Et tu l'embrasses pour moi sur le front.

Sur le seuil où je me croyais enfin en sécurité, je ne parvins pas à éviter les dernières claques de ma vie.

Les joues me brûlaient, en rentrant à la maison, et ces claques n'en étaient pas la cause. Depuis le temps, je m'étais cuirassé. Je riais convulsivement et la pluie diluvienne, je m'en souviens, pénétrait dans ma bouche. Je ne dis rien à mammina ; moi-même, d'ailleurs, j'oubliai quasiment cette visite. Peu après, von Paulus capitulait à Stalingrad. Monsieur Attila devait avoir compris lui aussi d'où venait le vent. Un peu tard, du moins en ce qui me concernait.

Les années se mirent à galoper toujours plus vite, tels des éléphants de cirque qui disparaissent au pas de charge derrière le rideau, lors de la parade finale. Comme si les années de guerre bousculaient les nouvelles, sitôt nées, pour se venger de s'être déroulées au ralenti, en perpétuelles attentes. Nous avions fort à faire pour tenir la cadence et, plus nous nous hâtions, plus vite nous oubliions le passé. Monsieur Attila ne m'intéressait plus. Je croyais connaître la vérité sur son compte.

Malgré tout, derrière le rideau où disparaissaient les années, il continuait à pointer le nez en marge de notre existence, avec sa petite tête ronde comme une boule et son visage excité. De temps en temps, sans que je me donne la peine de questionner, des nouvelles m'arrivaient par mon frère ; après la longue parenthèse de la clandestinité, Giorgio avait repris sa profession et s'occupait des affaires de monsieur Attila. Naturellement, la fin de la guerre avait entraîné la cessation de fournitures militaires. De plus, le marché devait digérer les surplus américains, et la mode s'insurgeait contre les vieilleries. On commençait à voir dans les rues des imperméables à capuche en nylon transparent et de légers trois-quarts de popeline. Alanguie sur l'oreiller de l'autarcie, la Sironi & Cie n'avait certes pas anticipé l'avenir. Au bord du gouffre, elle fut sauvée in extremis par la vente de l'établissement, démoli et remplacé par deux immeubles de luxe et trois magnolias au milieu d'une cour. Monsieur Attila passait désormais une bonne partie de l'année dans sa villa sur le lac de Garde. En souvenir des beaux jours, il avait fait installer dans l'entrée la grille argentée de l'usine où des tournesols s'épanouissaient entre des lances. Au pire moment, il avait confié à Giorgio que, privé du soutien de mon père, de ses conseils et de sa prévoyance, il ne parvenait plus à faire face aux événements.

Je devais aussi écouter mammina. Curieusement, quand nous étions seuls, elle s'arrangeait toujours pour parler de monsieur Attila, bien que je fusse sur ce sujet un piètre interlocuteur. Lorsqu'il venait la voir, et ses visites étaient fréquentes, jamais il n'oubliait d'apporter des marrons glacés et des violettes candies de chez Galli. Il demeurait inchangé, le port toujours aussi droit et juvénile. Les larmes perlaient toujours à ses cils lorsqu'on parlait de mon père, dont le souvenir déjà s'effaçait pour beaucoup. Il évoquait des anecdotes que mammina ignorait ou qu'elle avait oubliées, si bien qu'ils finissaient toujours par s'attendrir tous les deux.

Cependant elle avait remarqué un changement chez lui. Autrefois, monsieur Attila avait toujours les pieds sur terre, y compris dans le domaine des sentiments ; à présent, avec l'énergie et l'entrain inégalés autrefois consacrés aux affaires, il poursuivait des idées et des projets qu'elle estimait peu concrets. Par exemple, et cette démarche à coup sûr ne pouvait plus lui être utile, il allait souvent en Suisse rendre visite à Marie-José – « à la reine », disait-il – et hantait avec persévérance archives et bibliothèques pour lui procurer des ouvrages et des copies de documents ; il se chargeait aussi d'autres commissions en Italie où elle ne pouvait se rendre. À Merlinge, racontait-il non sans fatuité, on lui faisait l'honneur de le recevoir comme un ami de longue date, presque un parent éloigné. J'imaginais, amusé, qu'il avait dû réussir là-haut à gifler affectueusement nombre de petits princes, depuis les Bourbon-Orléans jusqu'aux héritiers en exil du trône de Bulgarie, et à leur pincer les joues en les appelant *« stèla »* ou *« belessa »*. Une promotion sociale indéniablement extraordinaire. Du reste, à la réflexion, je n'entretenais pas vraiment de ressentiment à son égard. Simplement, une goutte d'acide entamait les contours de son image chaque fois que quelqu'un ou quelque chose venait la raviver.

D'autres années passèrent. J'appris la mort de sa femme par une annonce dans la presse ; monsieur Attila lui jurait une fidélité éternelle, jusque dans l'au-delà, lorsque viendrait le moment. J'ai oublié de signaler que, parmi les sentiments et les chimères du commendatore que mammina commentait à notre intention, l'Église occupait une place importante aux côtés de Marie-José. Monsieur Attila consacrait son énergie surabondante à remettre en état des chapelles, restaurer des autels et des sacristies. J'avais également souri de ce choix : malgré sa familiarité millénaire avec les mystères célestes, et donc avec les tempêtes, les orages et les ouragans, l'Église n'avait été cliente de la Sironi & Cie que pour la fourniture de quelques baldaquins imperméables et gratuits, destinés aux messes en plein air. Malgré l'intonation rhétorique et un peu désuète de cet éloge funèbre, il ne me vint pas à l'idée de sourire. Les jours suivants, ces lignes produisirent sur moi l'effet d'une pointe fine, occupée à tarauder le fond entartré de ma mémoire. Je croyais, entre autres choses, que l'épouse, toujours souffrante de monsieur Attila, avait disparu depuis longtemps.

Sans que je m'en aperçoive, la pointe avait aussi nettoyé en silence les lentilles de la vieille longue-vue. Je constatai soudain avec surprise qu'elle s'était remise dans le bon sens. En s'animant, les personnes et les choses du passé retrouvaient leur aspect. Pas celui d'autrefois, naturellement, pas non plus celui d'après. On aurait dit qu'elles redevenaient elles-mêmes après être passées à travers un filtre. En somme, je veux dire qu'à travers l'expérience, la mienne et la leur, elles m'apparaissaient approfondies, réduites à la quintessence d'une épitaphe.

Parmi ces personnes, monsieur Attila. Oui, il devait comme les autres porter sa part personnelle de responsabilité, une part peut-être particulièrement grande, à la mesure de sa fortune à l'époque. Toutefois, il aurait été malhonnête d'oublier d'où il était parti. Je pense qu'il ne s'était jamais donné la peine de lire un vrai livre. En Amérique, il aurait administré de grandes claques dans le dos des sénateurs de son État ; en Angleterre, il aurait incité son fils à s'engager dans la RAF. Chez nous, il avait suivi le courant et rencontré trop de ministres et de généraux complaisants. Les wagons-lits pour Rome étaient bourrés de chevaliers du Travail, d'aristocrates du coton ou de la chaussure. Il y avait même le marquis du Sabotino mais pas de duc de Caporetto[1] (je songeais alors à mon engouement pour les parades militaires). La génération d'entrepreneurs qui suivit et semblait mieux préparée – certains citaient Keynes ou Schumpeter – ne se comporta pas beaucoup mieux lors de la reddition des comptes.

Comme si mammina me poussait sur cette voie, avec la tendresse un peu égarée que son regard exprimait après chaque visite de monsieur Attila, je me répétais qu'au fond on ne pouvait exiger de personne une cohérence absolue. Songeant au récent faire-part funèbre, je méditais sur le fait que monsieur Attila n'avait jamais oublié mon père, pas plus qu'il n'avait abandonné sa femme. À travers ses multiples infidélités, il leur avait été fidèle à sa façon. Son incohérence pouvait être interprétée comme une sincérité impulsive et irrépressible envers lui-même.

Monsieur Attila nous a quittés presque centenaire. Peut-être est-ce seulement à cause de sa durée inhabituelle que son existence s'est drapée, pour qui se le rappelle, dans les plis d'une modeste légende où se reflète cependant une tranche d'histoire; en des temps plus sceptiques et blasés, on s'étonne de la vocation peu commune de son héros à jouer un rôle qu'il souhaitait

1. Pietro Badoglio (1871-1956), fait pendant le fascisme marquis du Sabotino (victoire italienne pendant la Grande Guerre), fut un des responsables de la défaite de Caporetto.

passionnément voir réfléchi dans les yeux d'autrui, fût-ce dans ceux du gamin assez triste que j'étais.

Au moment de sa disparition justement, mammina, qui s'était mis en tête de me réconcilier avec lui, me tendit la photo que je croyais perdue, où figuraient les deux vieux amis en uniforme de troupier. J'observai longuement ses yeux vifs, le sourire malin qui, loin de vouloir dissimuler, dirigeait vers le haut les virgules de ses moustaches; puis je rencontrai le regard pensif de mon père où il me sembla lire une lueur très voisine d'une absolution clairvoyante et anticipée. Après tout, le mythe d'une amitié sans faille, sans compromis, était encore une illusion puérile, dont je n'avais pas le droit d'accabler les frêles épaules de monsieur Attila.

Cet ouvrage a été achevé d'imprimer en mai 2016
sur les presses de Normandie Roto Impression s.a.s.
61250 lonrai
N° d'imprimeur : 1601491
Dépôt légal : mai 2016

Imprimé en France